前世は剣帝。
今生クズ王子
Previous Life was
Sword Emperor.
This Life is Trash Prince.
4
著 アルト
alto
Ill. 山椒魚

エレーナ
レームとウルという護衛を
連れた謎の少女。
何かを求めて「真宵の森」を訪れる。
ラティファ
ディストブルグ王家に使えるメイド。
実はファイの前世の仲間・
ティアラでもある。
ファイ・ヘンゼ・
ディストブルグ
主人公。ディストブルグ王国の第三王子。
前世は〝剣帝〟と讃えられた剣士ながら、
今生では〝クズ王子〟と揶揄される程の
グータラ生活を送っている。
フェリ・フォン・
ユグスティヌ
ディストブルグ城のメイド長にして、
ファイ専属の世話役を務めるエルフ。

グリムノーツ・
アイザック
『氷葬《ひょうそう》』と呼ばれる
帝国最強の〝英雄〟。
コーエン・
ソカッチオ
『心読《しんどく》』と呼ばれる帝国の〝英雄〟。
古代遺跡に残された歴史を
読み解こうとしている。
レヴィ
『逆凪《さかなぎ》』と呼ばれる
帝国の〝英雄〟。
CHARACTER

第一話　過去の影

「ここ、か」

俺——ファイ・ヘンゼ・ディストブルグは、静かに言葉を発し、立ち止まる。

すぐ目の前には、少し開けた獣道が森の奥まで続いている……ように見えるが、道があるからと馬鹿正直に進む程、俺も警戒心を捨てていない。

『豪商』ドヴォルグ・ツァーリッヒへの借りを返す為にこの『真宵《まよい》の森』へやってきたが、お供のフェリからは先走るなと釘を刺されている。

やはり、今回は下見だけで済ませるべきだろう。

そう己に言い聞かせながら殊更《ことさら》ゆっくりと、森の方に手を伸ばす。

すると、50センチ程のところで、顕著なまでに鮮明な異変に遭遇した。

「幻術」

水面に波紋が広がるように、手のひらが触れた場所を中心として小刻みに景色が揺れていた。

事前に聞いていた通りの、惑わす森。迷いの森。

「まあ何というか……」

この幻術がどんな用途の為のものなのか。

漠然《ばくぜん》とした感想ながら、実際に幻術に触れた事でそれが分かってしまい、俺は眉を顰《ひそ》める。

「変わった使い方をするやつもいたもんだ」

この幻術は、侵入自体を拒んではいない。にもかかわらず、訪問者を惑わしている。

つまり、森の中には大事な何かが存在しているが、何が何でも人目に触れてほしくないわけではない。適度に隠され、適度に人目に触れてほしい。

そんな術者の思惑を読み取り、俺は『変わった使い方』と評した。

「が、邪魔臭い幻術はできるなら退《ど》かしてしまった方が良い」

聞けば、随分と前からこの『真宵の森』は存在しているのだとか。ならば、誰か一人が延々と幻術をかけ続けるという線は極めて薄い。

導き出される答えは一つ。ここでは、何らかの魔道具が機能しているのだろう。

そう考えた俺は、止まっていた足を再び動かし始めた。

しかし、向かう先は正面ではなく真横。森の縁《ふち》に沿って歩いていく。

こういった大規模な幻術を無人で延々と展開し続けるには、大抵の場合幻術の核となる何かを四隅に配置する事で初めて可能となる。うん十年に一人レベルの、群を抜いて優れた術者でもない限りは。

俺は、その核を見つける為に歩き始めていた。

けれど、引っかかる部分もある。

専門家でもない俺でも、そのくらいの事は知っている。そして、この幻術に頭を悩ませてきた人間は少なからずいるはず。なのに、この森は今もこうして存在し続けている。

偶然の産物か。

はたまた、相応の理由があるからか。

「……一筋縄じゃ、いかないかもな」

核を見つけられなかったのか。

核が存在していないのか。

……あるいは、核を壊せなかったのか。

脳裏に思い浮かんだ可能性への対処法を考えながら、しん、と静まり返る森の縁を歩き続ける。

生物の気配どころか、葉擦《はず》れの音すらない。随分精巧な幻術だなと思いながら歩く事数分。漸く無骨《ぶこつ》な石造りの何かが視界に入り込んだ。

「ん？」

まるで放り捨てられたかの如く無造作に置かれた、石碑のようなソレ。

「折角だし、調べてみるか」

フェリやラティファが近くまで来ていたならば、互いの位置を確かめ合える魔道具である鈴を喧《やかま》しいくらいに鳴らしてるはずだ。彼女らに見つかるまでは油を売っていてもいいだろう。

そう自分自身に言い聞かせ、俺は石碑の側に歩み寄る。

随分な年季ものなのか、苔《こけ》のようなものが所々に見受けられた。にもかかわらず風化している箇所はなく、傷も一つとて見当たらない。

特別な造りなのだと、一瞬で理解した。

「字は……あぁ、だめだ。何が書いてるのか全く分からねえ」

四角柱の石碑にずらりと薄く刻まれた、ミミズのような文字。

無骨な形ながら、一文字一文字丹精《たんせい》込めて刻んだ事だけは理解できた。

「恐らく、この石碑が幻術を発生させてる原因だろうし、壊しても良いんだが……」

フェリ達を待つなり、自分でも読める文字をもう少し探すなりすべきかと、思いとどまる。

そうして見回してみると、同じ文字ばかりが四面に刻まれているようだったが、たった一部分だけ目を惹かれる場所があった。

「これは、名前……か」

表面を覆う苔をざりざりと手で払う。

すると、そこに隠れていた文字があらわになっていく。

「名は——ルドル、フ？」

ざぁっと何故か全身の肌が粟立った。

刻まれていた文字はどうしてか、俺にも読む事ができた。いや、それだけならばまだいい。

なんで、どうして、ルドルフという名前に引っかかりを覚えてしまっている……？

「…………」

急速に喉《のど》が渇いていく。

――失敗は成功の母……っつー言葉を知ってっか？

ッ……!!


息を呑む。

声の主はもうどこにもいないと知っていながら、俺は思わずがばっと後ろを振り向いた。

……勿論、そこには誰もいない。

「いや、あり得ない」

石碑に向き直り、俺は断じる。

「あり得るはずがない。あり得ちゃいけねえだろ……」

自分に言い聞かせるように、余裕を失った声で言葉を続ける。

しかし、ルドルフという名を目にしてから、『真宵の森《この場所》』にも既視感を覚え始めていた。

ファイ・ヘンゼ・ディストブルグは、間違いなく、この場所を訪れるのは初めてであるのに。

「……偶然だ。これは、偶然だ」

「……偶然、なんだ」

くしゃりと前髪を掻き上げ、がむしゃらに掻き混ぜる。それは、胸の奥に渦巻く感情の発露。

厳密に言うならば、知らない。

でも俺はこの場所を……いや、この石碑を……造ろうとしていた人間を知っていた。先生達《みんな》の大き過ぎる思い出に隠れていたが、確かに覚えている。

どくん、と俺の心臓が飛び跳ねた。

強く脈動を始めた心の臓は熱を帯び、一瞬にして沸き立つ。

——俺は遺してぇんだよ！！！　この出来事を!!　この地獄が生まれてしまったというクソッタレた事実を、俺は未来に遺してぇんだ！！！


それは、血を吐くような叫びだった。

当たり前の幸せすら掴めなかった一人の男の言葉。

咽《むせ》び泣きながらそう口にしていた当時の情景は、確かに経験した記憶の一部として俺の中に根強くこびり付いている。

指先が、震える。

沸騰したお湯でも注ぎ込まれたかのように身体の芯から熱くなる。次いで掠《かす》れたノイズ音が俺の思考に割り込み、容赦なく削り取っていく。

脳裏に沸き立つイメージが俺の中で侵食を始め——ひゅ、と息が止まった。


——これだけは、忘れちゃいけない。忘れてなるものか。大勢が絶望して、大勢が人としての死すら享受できなかったこの歴史を、この地獄を繰り返してなるものか!!　だから、オレは遺すんだ。負の遺産として未来へ。この過《あやま》ちだけは、二度と繰り返しちゃいけないから。だから俺は遺したい。

お前にとっては屈辱以外の何物でもないだろう。だとしても、この歴史を遺せば、必ずいつか、俺達が望んでいた世界が！！　剣を握らなくても済む時代がやってくる！！　だから――！！


たくさん傷ついた。

たくさん悲しんだ。

たくさん、苦しんだ。

それはきっと、意味あるものだった。

必要なものだったんだ。

次に繋げるために、必要な歴史だったんだ。

その過去があったからこそ、未来がある。

明るく弾んだ未来が生まれる。

俺らが望んで止《や》まなかった平和がやってくるんだ。

死への恐怖に怯《おび》え続ける日々。それがずっと続くなんてひでえ世界じゃねえか。だから、俺らが変えるしかねえんだよ。

神なんて存在が助けてくれる？

……んな馬鹿な事言ってる暇なんざ俺らにはねえよ。毎日が必死なんだ。この失敗だらけの世界で生きるのに必死なんだ。甘言《かんげん》に身を委《ゆだ》ねちまう事はあっても、祈る余裕なんざありゃしねえ。

だから頼るのは、目に見えるものだけって決めてるんだ……少しで良い。

なぁ――世紀の大馬鹿野郎《ゆめそうか》に、賭けてみてはくれねえか。

一瞬後には何も残らない記憶の奔流。

でも、その一瞬の時間ですら俺にとっては十分過ぎた。

「……嗚呼《ああ》、そうだ。俺は……知ってる。遺そうとしていたヤツを知って、る」

『古代遺産』。

その言葉が脳裏を過《よぎ》ると同時、カチリと、嵌《はま》ってはいけないパズルのピースが嵌ってしまう。

だけど、認めるわけにはいかなかった。

もし、それを認めてしまえば、この世界があの世界の——であると肯定してしまう事になる。

だから、俺が認めるわけにはいかなかった。

たとえ、ルドルフという名に心当たりがあろうとも。

しかし、抱いてしまった疑念は、どれだけ取り繕ろおうとも消えてなくなってはくれない。

「……〝異形〟といい、何の冗談だよ……っ。これは……」

何かが全身に絡みついてくる。

気持ちの悪い汗がぶわっと吹き出し、背中を濡《ぬ》らした。

第二話　『心読』とクズ王子

複雑に絡み合う二つの存在が、俺の思考を悉《ことごと》く支配する。

ルドルフの名が刻まれた石碑。〝異形〟と呼ばれていた怪物。

「まさ、か。この世界は……」

震える喉で辛うじて言葉を紡ごうとして、しかしそこから先は声にならなかった。

あくまで可能性。

しかし、今はまだ可能性でしかなかったとしても、本能が理解してしまっている。その言葉を口にしてしまえば、もう後戻りはできない、と。

だから、拒んだのだ。

ファイ・ヘンゼ・ディストブルグとして生を受けたこの世界が、『――』の未来である可能性を。

「……いいや、だめだ」

深い溜息を吐《つ》き、押し寄せる記憶に呑まれそうになる自分を抑える為に、空を仰ぐ。

やはり自然の景色というものは気を紛《まぎ》らわすには最適だな、と感想を抱きながら、俺は無理矢理表情を歪《ゆが》め――酷《ひど》い笑みを浮かべた。

「まだそうと決まったわけじゃない、が」

無意識のうちに組み立てた仮定が真に正しいものである確証は、まだどこにもない。

何より、俺の知っているルドルフは幻術を扱える人間ではなかった。何かを遺す。その一点に特化した能力の持ち主であったはずだ。

ここまで大規模な幻術を展開し続けるなぞ、それこそ、俺の知る中ではあのドレッドヘアの男以外——

そこで不意に思考が停止した。

ざらざらというノイズが焦燥感を掻き立てる。

ここまで大規模なものだ。誰かと共に造る、そんな選択肢があって然《しか》るべきではないか。

そんな思考に辿り着いた俺は、視線を空でも石碑でもなく——幻術に包まれた森へと向ける。そして、もう一度手を伸ばす。

この幻術は、間違ってもルドルフによるものではない。では、誰がここまでの大規模な幻術を展開できるだろうか。一切の隙が見当たらないこの完璧な幻術を、誰が。

心当たりは——一人だけ。

伸ばした手が森を包む幻術の膜に触れ、ぐにゃりと景色が歪む。どくんと心臓が大きく脈打った。

「だよ、な。そうだよな。ここまでの幻術を展開できる人間が何人もいるはずが、ねえよな……」

少し意識した途端、懐古の念は波となり、俺のもとへと押し寄せる。

どこか刺々《とげとげ》しく感じる、癖《くせ》のある幻術。

間違い、ない。間違えるはずがなかった。

これは――

「あんたも、絡んでたんだな」

ドレッドヘアの男――トラウム。

俺の知る中で、最高の幻術使い。

その名を胸中で繰り返し呟いた俺を、例えようのない寂寞《せきばく》が襲った。

それはきっと、二人だけでこそこそと何かを成していた事に対する不満であり、仲間外れにしやがってというやる瀬ない小さな怒りによるもの。

筆舌に尽くし難い感情を抱いた俺であるが、勇んでいた足の勢いはすっかり止まっていた。

〝異形〟についての手掛かりがあるならば。そう思ってやってきた俺にとって、『真宵の森《このば》』にはもう用はなかった。

俺がよく知るあの二人も、〝異形〟の存在を憂《うれ》えていた者達だ。そんな彼らが間違う事は、万が一にもあり得ないだろう。

この世界が『――』の未来である事を否定しておきながら、彼ら二人の存在を嘘《うそ》であると断じるどころか、彼らならばと背を向けようとする。我ながら随分と都合のいい頭だな、と思う。

「これで、俺が逸《はや》る理由はなくなった。なら……ここで大人しく待つとするか」

そう呟いた矢先。

俺の視界に見覚えのあるシルエットが映り込んだ。それは二人組ではなく、三人組の人影。

「……ん？」

先頭きって歩く一人の少女。快活な印象を受ける彼女の名前が、ぽろりと口から零《こぼ》れ出る。

「エレーナ、か？」

宿の食堂で出会った彼女は、『古代遺跡』に用があると言っていた。

そして、待ち合わせでもしていたのか、そこにはもう一人サングラスを掛けた男がいて、彼女らと会話を交わし始める。

「――――」

「――――」

ここからエレーナ達のいる場所まではだいぶ距離がある。会話なぞ聞こえるはずもない上、盗み聞きは些《いささ》か趣味が悪いと言えるだろう。

その自覚があるというのに、俺が注視し続ける理由。それは、エレーナ達の会話相手の男の存在が原因であった。

亜麻《あま》色の短髪。着用するサングラス。くっきりと刻まれた、右の瞳から伸びるひと筋の傷痕。特徴といえばこれだけであるが、何故か俺は、彼を知っている――そんな気がして仕方がなかった。

もしも出会った事があると仮定して。

それは……果たしてどこで、だっただろうか。

思い出そうにも思い出せない記憶を探し求めながら、聴覚が使えないならばと視覚に集中し、読唇を試みる。

『それで、一体この先に何の用だ？』

『それはわたしのセリフ。わたし達は貴方達に呼びつけられた側。言葉を吐く相手を間違ってると思うよ』

『おれは帝国の人間じゃないと前にも言ったはずだが？　おれはお前達を呼びつけられる人間じゃない』

『……こんな計ったようなタイミングで現れておいて、まだそんな事を言うんだ？』

『その様子じゃ、おれの忠告は響かなかったみたいだな、カルサスの王女』

『……その呼び方をする時点で、わたしが貴方の言葉を信用できるはずがない。それは一番、貴方が分かってると思うんだけど』

『違うな。その事実を知っているからこそ、こうして忠告してやってるんだ。お前達の求めるものは、ここにはない。大人しく国許《くにもと》へ帰れ』

　カルサスの王女……？

　聞き慣れない言葉に思わず眉を顰《ひそ》めた。

『それとも、なんだ？　たった数日の間に、お前達の求めるものは理想から薄汚れた何かに変わりでもしたか？　なら、言葉を変えよう。姉の姿でも、恋しくなったか？』

　刹那《せつな》。ぶちり、と決定的な何かが断裂する音をどこまでも鮮明に明瞭に幻聴した。

『ちょっと、退《ど》いてもらってもいいっすか姫さま』

　砕けた口調ながら、静謐《せいひつ》な怒りを込めて、エレーナの後ろに控えていた護衛——レームと呼ばれていた男が割って入る。

『今の発言は流石に容認も、聞き流す事もできねえっす』

『……レーム、抑えて』

『申し訳ねえっすけど、これは抑える抑えないの問題じゃねえんです。許せる許せないの問題っすよ姫さま。身体張って国を救おうとした人間を貶《おとし》められて黙るようになっちまったら、おしまいっす』

『……分かってる。ちゃんとわたしは分かってるから。だから、お願い。今は抑えてレーム』

エレーナの必死の宥《なだ》めのおかげか、抜き身の刃が如き敵意を男に向けていたレームは、不承不承ながら己《おのれ》が得物に伸ばした手を引っ込めた。

『貴方の目的は、遺跡の調査。わたし達に帰国を勧める理由はそれが貴方の益となるから。わたし達を帰国させてそちらに注意を向けさせる、そんなところかな。きっともう時間はあまり残されてないんだと思う。帝国の人間は堪《こら》え性《しょう》がないもんね……それとも、早急に「真宵《こ》の森」から出ていかなくちゃいけない理由が出来た、だったりして』

首を傾け、違う?と言葉でなく態度で問い掛けるエレーナ。しかし、それに対する反応はない。

だから彼女は、

『この考え、わりかし良い線いってると思うんだけどな。貴方もそう思わない？　ね、『心読《しんどく》』──コーエン・ソカッチオ』

今度は言葉で、そう尋ねた。

『出ていけと助言をするのがどうしてかなんて、ちょっと考えればすぐに分かる。でも、ううん。

だからこそ、分からない。わたしがこの結論に至る事を見通せない貴方ではないと思うから』

『……頭が回る人間はこれだから……』

そう言って、コーエン・ソカッチオと呼ばれた男はほんの少しだけ目を伏せた。

『〝無知は罪なれど、知らぬが花もまた事実〟』

『なに、それ？』

『知らないでおいた方が良い話も世の中にはあるって事だ。考古学者として、もう一度だけ忠告だ。時に、王族の血が歴史を紐解く鍵となるケースも存在する。だからこそ、おれはお前に死なれては困る……カルサスの王女。いいか、お前はあの場に向かうべきではない』

『……どういう、意味かなそれは』

『お前の今の立場を知れば、お前の心情なぞ手に取るように分かる。もう数年も前になるのか。帝国に抵抗した哀れな小国の悲劇――〝カルサスの悲劇〟が起こったのは』

ギリッと歯を軋《きし》ませる音が三つ。

しかし、そんな敵意を前にして尚、言葉は止まらない。

『無抵抗の市民までもが虐殺された悲劇。きっとお前は縋《すが》りたいのだろう、一縷《いちる》の希望とやらに。まだ、そうして希望があるうちは良い。仮に、だ。最後に見出したその希望が実はただのまやかしで、無残に殺された愛しい民草《たみくさ》が、自我すら持たない化け物への贄《にえ》となってしまっていたのだという事実を知った時、ただでさえ精神的に弱っている今のお前が耐えられるとは思わんがな』

自我を持たない、化け物。

そして、贄。

その言葉を耳にした途端、腹の奥で醜《みにく》い感情がどろりと渦巻き始める。興味本位で始めた盗み見であったが……事情が変わった。

今までになく思考は加速して巡り——巡り——巡って俺を答えへと誘《いざな》う。

最早、網膜に映し出される光景の中に彼らは存在していなかった。

コーエン・ソカッチオは言った。自らを考古学者であると。ならば、知っている事も多いだろう。

帝国とドンパチやるのはもう少し後。だから大ごとにするのは拙《まず》い。だから騒ぎに発展させるな。

けれど……確実に聞き出せ。

そう必死に己へ言い聞かせて、俺は立ち上がる。

魂《たましい》に刻まれた言葉に反応し、奔《ほとばし》る憎悪が全身を焦がすも。今はまだ決して悟られるなと、必死に押し隠す。

気持ち足早になりながら、目当ての男の下へと歩み寄る。聴覚が全くと言っていい程機能していなかったが、距離が縮まるにつれて彼らの会話が鼓膜を揺らし始める。

「……シヅキ？」

それは、エレーナの声であった。偽りの名で俺を呼ぶエレーナの声。

疑念に塗れた、どうしてここにいるのかと尋ねる言葉であった。

続けざまに男の声がやってくる。

「誰だ……？」

四方八方より俺へと視線が向けられていた。

彼らには因縁があるのだろう。

言葉を交わさなければならないのだろう。

そんな事は先程のやり取りを見ていれば分かった。その上で、俺は俺の事情を優先する。無遠慮に割り込んでいく。

「なあ、エレーナ。そいつ、ちょいと俺に譲ってくれよ」

顎《あご》をしゃくり、数メートル先に立つコーエンを示す。

「え？」

勿論、返ってきたのは気の抜けた返事。どういう事なのか全く理解できていない、そんな声。

「気持ち悪りぃ〝異形〟の化け物。それについて、そいつに聞きたい事があるんだ。だから——いきなりで悪いが、ちょいと相手を譲ってくれ」

第三話　読まれる対価に

「……帝国の情報管理も随分杜撰《ずさん》になったものだ」

溜息《ためいき》混じりに視線を地面に落とすコーエン。その先には薄く伸びた俺の影法師《かげほうし》。

「聞き間違いじゃなければ……〝異形〟の化け物と。そう言ったか」

そう言ってコーエンは再び顔を上げる。圧のような何かを孕《はら》んだ視線が俺を正面から射抜いた。

「確かに、言葉すら理解できない畜生ならば、おれも知っている。仮に、それがお前の言う〝異形〟に当てはまったとして……おれがお前の問いに答える義理はどこにある？」

「答える義理はどこにもない、が」

俺はあえて言葉をひと区切りし、

「答える理由ならあるさ」

コーエンはエレーナとの会話の中で、己を『考古学者』と呼んでいた。

この地――『真宵の森』に彼がいる理由は恐らく、エレーナと同じく、古代遺跡とやらに関係している。そしてそこにはきっと、ルドルフが刻んだ過去がある。その解読ができていないからこそ、コーエンはこの場にいるのだろう。

「俺は、この先にある遺跡を解読する事ができる」

俺に学はない。あの文字から規則性を見つけ、解読するなど到底不可能だ。しかし、真にルドルフが刻んだ遺跡ならば、あの時代を生きた俺ならば、伝えたい事を読み取る事ができる。それだけは絶対であると、そう言い切れた。

「……まさかその戯言《ざれごと》が、おれがお前の問いに答える理由とでも言いたいのか？」

「悲しい事に、証明する手段は今はないけどな」

何となく、コーエンにはそれで伝わると思ってしまった。

理屈でも、経験則でもない。ただ、何となく。

そう言えば、彼には全てが伝わるような気がした。

「……嘘は、言ってないらしいな」

「へえ」

コーエンにジッと半眼《はんめ》で見詰められる。すると、リィンツェル王国が王女――リーシェン・メイ・リィンツェルに頭の中を覗《のぞ》かれた時と、とてもよく似た違和感に見舞われる。

覗かれた。もしくは読まれた、か。

己の中でそう結論付けた俺は、無意識のうちに感嘆めいた声を口にしてしまっていた。

もし仮に、コーエンが俺の思考か何かを読み取っていたなら、道理で納得がいく。

俺から何かを読み取っているならば、それはもう影が気になって仕方がない事だろう。何か言葉にし難い違和感でもあるのか、俺の影に視線を時折向ける彼の行動は、まさに正しいと言える。

「だが、それだけだ。お前は嘘をついてはいない。だからといって、お前の言葉遊びに付き合うほどおれも暇じゃない。今すぐおれの目の前から――」

「――なん、で」

コーエンが俺に向かって言葉を吐き捨てようとした瞬間、そこに割って入ったのは、消え入りそうなエレーナの声。乾いた喉から出てきた声は、少しだけ掠れていた。

「なんで、きみがアレを知ってるの……？」

「……アレ？」

「化け物の、事に決まってるでしょっ……なんで、どうして、きみが……知ってるの？」

じりじりと距離を詰めてくるエレーナの瞳は、何故か光が薄れていた。初対面時の彼女の印象は正しく天真爛漫《てんしんらんまん》。しかし、今の彼女は俺の知るエレーナではなかった。

豹変。そう言い表す他なかった。

「早く答えろよッッ！！！」

突然の怒号が俺の耳朶《じだ》を殴りつける。

血走った瞳からは殺意が奔っており、びりびりと肌を刺されるような感覚に見舞われた。

「俺が、知っている理由……」

語ろうと思えば、俺はその理由を日暮れまで語れる事だろう。だが、どうしてか疑問に思った。

そもそもなんで、俺はこんなにも〝異形〟という存在にこだわり続けているのだろうか、と。

危険な存在であると、魂レベルで刷り込まれているから？

ああ、きっとそれは理由の一つだ。

〝異形〟という存在が仇《かたき》であるから？

ああ、それも、理由の一つだ。

挙げていけば本当にキリがない。

ふとコーエンの姿を確認すると、彼も俺の返答を気にしているようであった。先程の俺の言葉の真偽を、この答えで判断するハラなのかもしれない。

深い深い思考の海に沈みゆくうちに、「どうして知っているのか」というエレーナの問い掛けは、己の中で勝手に「どうして、こだわり続けているのか」に移り変わっていた。

「そう、か。そう、だよな。盗み聞きして人様の事情を知ったくせに、俺だけ何も言わないのは不公平、か」

そう言いながら空を仰ぐと、さっきまでは燦々《らんらん》と輝いてこれでもかとばかりに照らしつけていた太陽が、雲に覆われ始めていた。

暗澹《あんたん》と蠢《うごめ》く雲が、大地に翳《かげ》りを落とす。

「……多分、それは」

隠す理由はない。

だから、俺は目一杯、口の端を吊り上げた。

無理矢理に笑おうと試みた時に行う仕草。鏡で見なくとも、今の俺はとびきり醜悪な笑みを浮かべていると言い切れた。

「これが、理由だろうな」

ふはっ、と自嘲気味に息だけで笑う。

エレーナは知らない。俺が笑う時は決まって――剣を振るう時だと。

「殺さなきゃいけない存在だから、知ってる。許容してはならない存在だから、こうしてこだわり続けてる」

とどのつまり、俺は笑って死にたいだけだった。

譲れないものを守れれば、それで良かった。

けれどそれ以上に、約束は俺にとって何より重いものであった。

「殺し尽くすと誓ったあの約束を、反故《ほご》にはできないんだよ」

俺が俺である限り、たとえどんな状況下だろうとも、あの〝異形〟の存在だけは許容できやしない。知らぬフリなど、するはずがない。

「…………」

息を呑む音がすぐ側から聞こえてきた。

納得を、してくれただろうか。

少なくとも、あの〝異形〟に与《くみ》する人間でない事を知ってもらえたならば、話した甲斐《かい》もあった。

茫然自失に立ち尽くすエレーナに背を向ける。鬼気迫る様子は、既に彼女から消え去っていた。

「深いな」

言葉を交わす価値がないと拒絶していた色は薄らぎ、興味深そうに反応を窺うコーエンの声が聞こえてきた。

「闇が、深い。まるで底なし沼のような人間だ、お前は」

変なたとえ方をするやつだと、そう思った。そんな胸中すらお見通しなのか、コーエンの表情が少しだけ歪んだ。

「読めば読むほど闇が深まっていく。それを底なし沼と言わずして何と言う？」

まるで俺の心を読んだかのような疑問を覚えた。いや、まるでではない。恐らく本当に心を読んだのだろう。ならば——好きなだけ読めばいい。心を読みたいならば、読めばいい。俺の心象を、覗き込めばいい。

そうすれば、俺と〝異形〟の関係がいやでも分かってしまうはずだから。

一度読んでしまったが最後。彼は二度と否定できなくなる。

俺が求める情報を持っている可能性の極めて高い人間に、質問できる機会を、信頼を掴み取る事は決して悪くない。

「生憎《あいにく》、俺は自分が底なし沼だなんて思った事はないもんでね。よく分からん、が」

過去を、偲《しの》ぶ。

幸せも、辛さも、悲しさも、嬉しさも。

抱いた感情全てが詰め込まれた過去を想い焦がれ、それが決して戻ってこないものであると知ってしまって、とめどない寂寞に身が震える。

「闇だ、沼だと指摘された覚えはある。あんたがそう言うのなら、これは闇なんだろうよ。これは沼なんだろうよ。抱く感想は人それぞれ。好き勝手思っとけばいい。それを俺は否定しねえよ」

頭の中で暴れ回る記憶の奔流。ざりざりと理性を削り取ってくるソレへの、若干の嫌悪を相貌に貼り付けながら、俺は言葉を続ける。

「そして、あんたが俺の心を覗こうが、それも否定しねえ。決して自分から語りたいもんじゃねえけど、覗かれたんなら仕方ない。そう、割り切れてるんでな」

だから、リーシェン・メイ・リィンツェルに覗かれた時も、俺は怒る素振りすら見せなかった。

「コーエン、って言ったよな？　いいぜ、好きなだけ覗けよ。あんたが沼なんて言い表す心をさ」

理屈すらないただの勘でしかなかったけれど、この者なら、知っているんじゃないかと。誰が

〝異形〟を創り出したのか、それを知っているんじゃないかと思ったから。だから、俺はこうしてひけらかすような真似をしているのかもしれない。何より、その情報を得られるのならば、俺の過去なんて安いもの、取るに足らなかった。

「吐き気がするが、それでも今だけ耐えてやるさ」

過去を想う時、誰しもが都合のいい記憶にだけ触れる。不快感を催《もよお》す記憶を好んで掘り返す者なぞ、いるはずもない。

俺も、そうだった。

けれど、今はそれではダメだった。

〝異形〟という存在を引き合いに出している時点で、懐古に浸れるはずもない。

「好きなだけ覗けよ。解読できると言った理由は俺の記憶の中にあるからさ」

そう言って、無理矢理に思い起こす。

奥底で蓋《ふた》をされていた鈍色《にびいろ》の記憶を浮上させる。何もかもが血で塗り潰された失意の記憶を引き上げる。同時、やってくる圧迫感。

目に見えない何かに、心の臓をぎゅううと握り締められる感覚に襲われ、動悸《どうき》がする。

そして俺の思考は真っ白に摩滅した。

一瞬の――――ホワイトアウト。

諦観が襲い、途方もない寂しさが俺という人間全てを埋め尽くす。残酷なまでに鮮明に俺の心に存在を刻んだ者達はもう、どこにもいない。慟哭《どうこく》を上げ続け、涙すら枯らした心が、ぎしりと再び軋んだ。

血に塗れた道が、見えた。

己が辿った鮮紅色に彩られた軌跡が――

死骸《しがい》の山。踏み締めた人骨。落ちた血。失われる命。届かない手。歪む心。消えていく何か。酷薄に押し寄せる。血に塗れた剣。〝影剣《スパーダ》〟。壊れていく感情。零れ落ちる存在。後悔。諦念。自責。自嘲。慚愧《ざんき》。焼かれる。呑まれる。砕ける。潰される。蹂躙《じゅうりん》。溢れ返る。誰かの死。無慈悲に死んでいく。希望も。光も。何もかもが死んでいく。殺された。残忍に、誰もが殺された。日常も。存在も。夢も。全てが殺された。失って。失って。失って。奪われて。それでも生きて。答えを求めて。探して。縋って。そして、絶望して。孤独に泣いて。喘《あえ》いで。そして、自分を殺して。また剣を執《と》って。殺して。殺して。殺して。生きて。失って。また殺して。己を見失って。無感情に生きて。夢を見て。泣いて。後悔して。幸せを噛み締めて。地獄に絶望して。希望はないと知って。救いもないと知って。殺す事しかできないと理解して。笑って。嗤《わら》って。ワラッテ。墓標の丘に立って。原風景。殺風景。血色の景色。色褪《いろあ》せた灰色の世界。あるのは死。数多の死。まるで鬼のように死を撒き散らし。殺して。殺して。殺して。殺し尽くして。空虚《くうきょ》を知って。泣いて。自刃して――零れ落ちて。

「は、ぁっ……」

それは一瞬の出来事。

にもかかわらず、俺は小さく息を切らし、大きく脈打った心臓の音と共に、息を吐き出した。

埋め尽くす後悔に心を乱されながら、俺はコーエンを見据える。

その残酷なまでの情報の奔流を言われるがまま読み取ってしまったコーエンは、息を呑んでいた。呼吸さえも忘れて、限界まで目を見開き、立ち尽くしていた。凍り付いていた。肢体の一切の活動が止まり、彼の時間は停止してしまっていた。

「シヅキ、と言ったか」

言葉を吟味し、ゆっくりとコーエンは発言する。その声音には、心底理解できないと言わんばかりの、呆れに似た感情を孕んでいた。

だが、それとは裏腹に、彼の口端が段々と吊り上がっていく。顔中に、胸の奥から溢れ出した感情が広がる。

その感情とは何を隠そう——

「——はっ。ははっ、はははは！！！　はははははははははははははハハ！！！！」

歓喜、であった。

狂気的な光を瞳の奥に湛《たた》えながら、コーエンは尋常でない哄笑を轟かせる。

「なんだ⁉　なんなんだお前は⁉　どうして生きていられる⁉　どうして立ち向かう⁉　どうして立ち向かえたんだ⁉」

爆発した歓喜は止《とど》まる事を知らない。

「なあ、なあ、なあ——ッ‼　お前はどうして、ここにいる⁉」

「言っただろ。俺は、殺し尽くさなければならないって」

未知を求める探求者。考古学者という存在を言葉で表すならば、それが何より適切だろう。だから、コーエンにとって俺の心の中は、黄金よりも価値ある何かに見えたのかもしれない。

「アレを殺せるのか？　お前が？　……いや、殺していたなお前は」

ふう、と溜息を吐き、コーエンは落ち着かない脈動を必死に抑え込んでいる。

「アレを殺せるお前が、おれに何を尋ねる？」

お前の質問を受け付ける。彼の声音はそう言っていた。

「〝異形〟を生み出した人物を知りたい」

「知ってどうする？」

「殺す」

感情の失われた冷え切った言葉に、コーエンの身体がほんの少しだけ萎縮《いしゅく》する。

「……シンプルな答えは嫌いじゃない、が、お前は殺し尽くす事を望んでいるんだろう？　元凶を殺したところで最早何も変わらないと思うが？」

「だとしても、だ」

「なるほど、随分と強情な性格らしい」

割り切った性格だとでも思っていたのか、俺の切り返しが予想外だったらしく、笑みが零れる。

「おれはお前の問いに答えられる。だが、タダというわけにはいかない。分かるだろう？」

コーエンが何を言いたいのか、すぐに理解が及ぶ。もとより、俺は既にその報酬を提示していた。

「今からお前を、遺跡に連れていく」

息を呑む音の、重奏。

呆然とした様子で俺とコーエンの会話を聞いていたエレーナから、驚愕の感情が飛んでくる。

「なん、でッ」

「こいつが提示した取引におれが応じるだけだ。何もおかしな事はあるまい」

「でもっ――」

「ああ、そうだ。良い機会だ。お前達も付いてきて構わんぞ」

急な手のひら返し。

遺跡に行かせまいとしていた彼はどうしてか、エレーナ達に向かってそんな言葉を吐いた。

「ただ、おれが思っていたよりずっと刺激的な歴史かもしれない。おれ個人の意見を言わせてもらうなら、ここは素直に帰った方が良いと思うがな」

第四話　孤独の剣王。故に、剣帝

「一つ質問、いいか」

『心読』――コーエン・ソカッチオを先頭に、俺、エレーナ、そしてその従者らしき二人の男性、レームとウルが追従する中、不意にコーエンが口を開いた。

抑えめな、少し距離を置いて後ろを歩くエレーナ達には聞こえるか聞こえないかといった声量故に、俺に向けた言葉なのだと理解が及んだ。

「なに」

俺がにべもなく答えると、振り返りすらせずに続きの言葉がやってくる。

「これでも随分と、過去の歴史を追っていた。そして過去の遺物の声を聞いていく中で唯一名が挙がった人物がいた」

俺の方が情報を手にしていると踏んでか、自分の持つ情報を漏らす事にコーエンは何の躊躇《ため》いも抱いているようには見えない。

「もっとも、それは敬称のようなものであったが――」

ほんの少しだけ、言葉に畏怖に似た感情を込めて、言う。

「――〝剣帝〟。そいつはそう呼ばれていたらしい。そこでお前に尋ねたい」

「その〝剣帝〟について、を？」

「……ああ。何故そいつが〝剣帝〟と呼ばれていたのか。おれは、それが知りたかった。大方の予想は付いているが、ずっと気になっていてな。どうせお前はその答えを知っているんだろ？」

「そんなの俺も知らねえよ」

投げやりに答えるが、コーエンの言葉は紛れもなく事実であった。

ファイ・ヘンゼ・ディストブルグは、かつてはシヅキと呼ばれ、剣士として生きた過去がある。

その記憶が確かに俺の中にあった。

〝剣帝〟と呼ばれた思い出が、あった。

しかし、その思い出を辿っても、どうして〝剣帝〟と呼ばれていたのか。そこに関する記憶は存在しない。

何故なら、当人の与り知らぬうちに、そんな大仰な名前で呼ばれるようになっていたのだから。

ただ、そう呼ばれていた理由について、俺なりの見解を口にするくらいはできる。

「……きっとそれは、最後まで生き残ってしまった孤独の剣士故、なんだろうよ」

「孤独の剣士？」

「そ。頼る相手も、縋る相手も、託す相手も。全て何もかも失い、孤独に陥《おちい》った骸《むくろ》の上に立つ剣士。誰かがその様を見て言ったんだろうよ。〝剣帝〟ってな」

どうして〝剣帝〟と呼ばれていたのか。

その理由を俺は知らない。ただ、もし仮に俺が好き勝手に理由を付けていいのだとすれば、きっとそんな理由なのではと、俺は思った。

「……成る程」

「あくまでも俺の予想だけどな」

「いや、十分過ぎる。〝当事者〟が言うんだ。ならばつまり、そういう事なんだろう。それにおれの予想とも一致する。それが聞けただけでも収獲だ」

「そっか」

俺にとっちゃ、どうして〝剣帝〟と呼ばれていたのかなんざ取るに足らない事であったのだが、目の前の男にとってはそうじゃなかったのだろう。心なしか、返ってきた声は弾んでいた。

「それで」

今度は俺の番、とばかりに声を上げる。

「あれが遺跡でよかったか」

指で示した先には、煤《すす》けた薄緑の軍服に身を包む男性が幾人か、遺跡への侵入を拒むように配置されていた。

今は辛うじて肉眼で捉えられる距離であるが、彼らがこちらに気づくのも時間の問題だろう。

と、思われた刹那。

不意にコーエンの足がぴたりと止まる。

それに合わせて俺の足が、次いで、黙って歩いていたエレーナとその従者二人の足も。

「ん？」

「ああ、そうだ。が、あそこに着く前に一つ、お前と取引がしたい。シヅキとやら」

コーエンは、嫌な予感が当たったとばかりにほんの少しだけ不快そうに顔を歪めていた。

首を傾げる俺に悠長に考える時間はくれないのか、話は先へと進む。

「お前は言っていたな。殺したいと」

「それが？」

「その悲願におれも手を貸そう」

「……どういう風の吹き回しなんだよ」

「事情が変わった」

肩越しに振り向き、俺の姿をサングラス越しに射抜くコーエン・ソカッチオ。彼は、遺跡を目にした途端に足を止めた。厳密に言うならば、遺跡を囲む兵士の姿を視認した直後、か。

「少し、厄介な事になった」

「……はぁ？」

「兵士の数が明らかに多い。いや、多過ぎる」

そして、コーエンの視線が、俺から未だ表情に影を落とすエレーナへと移る。

「……何かな」

「なぁ、カルサスの。やはりお前は帰れ」

「ここまで来てそれを言うの？　嫌だね」

エレーナは〝時の魔法〟を求めていると言っていた。それが一縷の希望であるとばかりに。

そして、その手掛かりが遺跡に存在していると口にしていた。ここまで来て遺跡に背を向けるなど、許容できないはずだ。

「ならば、あえて言おう。お前はおれに、自分は呼びつけられた側と言っていたな。その結果がコレだ。厳重過ぎる警戒体制だ」

「それが何？」

「……チッ」

忌々《いまいま》しげに舌打ちするコーエン。

その様は、俺の目には演技のようには思えなかった。心底、理解力が乏し過ぎると苛立っていた。

なんとなくだが、コーエンが言いたい事は分かる。

恐らく、飛んで火に入る夏の虫とでも言いたいのだろう。

しかし、帝国側に位置するはずのコーエンが、どうして帝国に利が働くようにしないのか。

きっと、それこそが彼が「事情が変わった」と言った理由なのだろう。

疑問を解消すべく、俺はそこへ割って入る。

「あんた、帝国側の人間じゃねえのかよ」

「……歴史を知る上で都合が良かったから帝国に身を置いているだけだ」

それは言いかえると、都合が悪くなれば帝国から他所へ鞍替《くらが》えするという事だろう。

「おれにとって、歴史は全てだ。歴史を知るためになら何だろうと捨てられる自信がある」

ゆえに、考古学者だと名乗っているんだがな、と付け加える。

「そして、その女は既に滅んだ王国――カルサス王家の血を継いでいる……個人的な借りもあるが、何より、おれはエレーナを逃《そいつ》がしたい。他でもない、考古学者として」

「だから俺にその手伝いをしろと？　その見返りが、〝異形〟を生み出したヤツを殺す手伝い？

それを俺が、はいそうですかって信じると思ってるのかよ」

グレリア兄上のように頭脳に秀でていない俺でも分かる。コーエンの言っている事は矛盾だらけであると。

何より怪し過ぎる。毒と分かっていて呑むバカはいないだろう。

それに、もとより俺は全て一人で済ませるつもりであった。

誰かの助けが必要であると思っていないし、その考えが変わる事は金輪際ないだろう。

「エレーナを逃がしたいんなら今ここで、一緒になって逃げればいい」

「それはできない」

「なら──」

俺もあんたの言葉を信用できるはずがねえな、と言おうとして、

「勘違いをするな。あくまでも、今はだ」

言葉を遮《さえぎ》られる。

「……ん」

「俺は考古学者として帝国に身を寄せている……今、ここにいる理由は、遺跡の解読を任されているからだ」

それは紛れもなく真実だろう。

「だが、はっきり言って上手く進んではいない。その現状を憂いてか、今回の作戦の責任者は既に痺《しび》れを切らしている」

それが何に繋がるんだと思う暇もなく。

「今、帝国とここディストブルグ王国の関係は、お世辞にも良いとは言えない。だから、良くてディストブルグに活用されないように遺跡を爆破するか。悪ければ──」

コーエンはもう一度、エレーナを見やり、言う。

「〝異形〟がもう一体増える事になるかもな」

「……言葉は選べよ」

俺は相手が底冷えするであろう程の敵意を滲《にじ》ませながら、コーエンへ炯眼《けいがん》の焦点を結ぶ。

「選んでいる。だが、事実そうなった事例がある。取り繕って隠す方がタチ悪いだろう？」

「…………」

不快感が触手のように全身に纏わりつき、胸の奥から嫌悪が湧き上がる。

「おれがここから離反した瞬間、間違いなく遺跡はパァだ。おれはこの歴史的価値のある遺跡を壊させたくない。そしてその上で、エレーナを逃《そいっ》がしたい」

随分と強欲な奴だなと、俺は溜息を吐く。

「だとしても――」

その提案には乗れない。そう言おうとして、ふと思い出す。

俺がここへやってきた理由は何だったか。

それは、遺跡に関する『豪商』ドヴォルグ・ツァーリッヒからの依頼ではなかったか。

「い、や……」

つまり俺にとっても、現状、あの遺跡には価値がある。

本音では歴史なんてどうでもいいが、それでもこの約束を軽んじる事はできなかった。

「はぁぁぁ……」

項垂《うなだ》れ、投げやりに髪を掻《か》き毟《むし》る。

「あんたは遺跡を守る為に離れられない。けれどエレーナをここから逃がしたい。だから俺にその手伝いをしろ、と？　そしてその報酬としてあんたが俺に手を貸すと」

俺の確認に、コーエンは小さく一度だけ頷いた。

俺はお供のフェリやラティファを置いてきぼりにして、ここへやってきている。遺跡で用を済ませたらさっさと退散するつもりであったのに、厄介事を押し付けられちゃ堪《たま》ったもんじゃない。

けれど、俺の勘が告げている。

このまま遺跡に立ち入ったところで、ロクな事にはならない、と。

しかし、

「……言っておくけどわたしは帰らないよ」

エレーナ本人が拒絶する上、何より俺自身も〝異形〟の手掛かりを得られるであろうこの機会をふいにはできない。

「それに、何か勘違いしてるみたいだけど、わたしだって戦えないわけじゃない。自衛はできるし、レームやウルだっている」

「ハッ」

侮蔑《ぶべつ》を込めて、コーエンが笑う。まるで分不相応の愚か者と言うかのような、嘲《あざけ》りと哀れみを織り交ぜた眼差しでエレーナを射抜いている。

「確かに、そこらの兵士と比べたなら戦えるんだろうが……所詮はその程度だ」

「へぇ……ッ？」

売り言葉に買い言葉。事態の収拾がつかなくなりそうな予感で場が埋め尽くされていたが、

「『氷葬《ひょうそう》』」

聞き慣れないその言葉に全員の注意が向き、剣呑《けんのん》な空気が幾分か和らぐ。

「歴史的価値に理解を示さないボンクラではあるが、そんな二つ名を付けられた〝英雄〟が遺跡《あそこ》にいる。今回の作戦の責任者だ。あいつがいる限り、あんた程度じゃ話にならない」

「……随分と好き勝手に言ってくれるね」

「それが事実だ」

また、〝英雄〟か。

心の中で俺は人知れず辟易《へきえき》する。

掃いて捨てるほどいるわけじゃないだろうに、何故か〝英雄〟との出会いが異様な程に多過ぎる。

ふと、自分の腰に視線を落とす。

そこには無骨な影色の剣がひと振り。

剣を手にするという事が何を意味するのか。

俺は誰よりもそれを分かっていたはずだ。臓腑の裏まで、魂の芯にまで染み付いていたはずだ。

これを嫌と言うならば、何があっても剣を執るべきではなかった。決して近寄らせず、ひたすら遠ざけるべきであった。しかし俺はそうはしなかった。

「俺とその『氷葬』とやらをぶつけると？」

「確実に逃がすならば、同格以上の人間が必要だろう？」

そこで、俺は言い淀んだ。

これがコーエンの罠である可能性は十二分にあり得る。むしろその確率の方が高いだろう。

帝国側の、会って間もない人間なのだ。信頼する理由もされる理由も、どこにも見当たらない。

だから彼の言葉を嘘と断じ、この場に背を向けたとしても誹《そし》られる謂《いわ》れはない、のだが。

「分かった」

俺は内心の葛藤《かっとう》にかぶりを振り、コーエンに肯定の意を示す。

「結論俺は、エレーナを助ければいいんだろ」

「ああ、そうだ」

「……なら、それがたとえ罠だろうが引き受けてやるよ」

盗み聞きした会話から察するに、エレーナは〝異形〟の猛威にさらされた人間だ。

〝異形〟に衰える事のない憎悪を向ける俺であるから、彼女には同情に近い感情を抱いてしまう。

——似たような境遇の人間は、どんな運命の悪戯《いたずら》か、おんなじ場所に集まって来ちまうんだ。

そんな言葉が不意に俺の脳裏に過《よぎ》る。

果たして誰の言葉だったのか。それはもう思い出せない程に昔の言葉であるという事だけしか、
俺には分からなかった。

第五話　遺跡

「……コーエン・ソカッチオか」

それは凡《およ》そ感情を感じさせない、機械質な声であった。

「そこにいる奴らは何者だ」

「カルサスの王女。それと、その供回りだ。外で偶々《たまたま》出くわした。目的地がここだと言うんで、こうしておれが連れてきた。ただそれだけだ」

簡潔に、淡々と。

遺跡前にて、門番を担っていた相手の問いに、コーエンがにべもなく答えを返す。

「カルサスの王女、か」

そう口にするや否や、兵士の男が這うような視線をエレーナに向ける。

無言の十数秒間。

それを経て、

「確かに聞いていた特徴と一致する……上からも、お前を通せと命を受けていた」

彼は道を開けた。

供回り。

コーエンがさも当然のように、ウルとレームに加えて俺の事もそう紹介した際、怪訝な視線こそ向けられたものの、呼び止められはしなかった。

ひと振りの剣を腰に下げた小柄な少年。

……成る程、確かに。

俺が兵士の立場であったとしても、恐らく呼び止めはしなかっただろう。余計な騒動を起こさないで済んだ己の幼さに、今回ばかりは感謝をした。

そこへ。

「待て」

少しだけ、威圧のような力強さが込められた声がかかる。

「どうしてお前まで遺跡に向かおうとしている？　コーエン・ソカッチオ」

先頭で足早にこの場を後にしようとしていたコーエンが、名指しで呼び止められる。

同時、俺の脳内で想起されたのは、遺跡の手前でコーエンが口にした言葉。

——歴史を知る上で都合が良かったから帝国に身を置いている。

それはつまり、彼自身が帝国に信を置いていないという事。恐らく帝国側の人間も、彼の考えに気づいているのだろう。

それでも手元に置いている理由は、その優秀さ故か。

「カルサスの王女ならば、遺跡の手掛かりについて何か知っているのではと考えただけだ」

「……成る程」

仮初《かりそめ》の答えでこそあるものの、何らおかしな話ではない。

歴史に心身を捧げ、僅かな手掛かりにすら縋る。そんなコーエンの行動理念は末端の兵士達にも広く知られていたらしい。

兵士の男は納得したのか、コーエンから厳しい視線を逸らした。

「そういう事ならば問題はない」

肩越しに振り返っていたコーエンは、相手の回答を耳にするや否や、また先へと歩き出す。

ひと呼吸置く事すら惜しいとばかりに歩みを進めるその様子はまるで、焦っているようで。

必要以上に俺の思考が巡り始めていた。

彼の焦りは、『氷葬』なる〝英雄〟とかち合う可能性があるという事が理由に他ならない。〝英雄〟の地位にある彼が焦る理由など、それ以外に存在し得ないからだ。

そして、俺自身も焦らなければならない理由があった。

〝異形〟の手がかりは、何があっても二の次になどできない。そんな前世からの業《ごう》のような思考回路に嫌気が差すが、フェリとラティファがここまで探しに来る可能性だってあるからだ。

「……シヅキ？」

だからさっさと用を済ませて……などと思考の渦にとらわれ、足を止めていた俺に声が掛かる。

「……ん？」

おかげで我に返り、前を見る。

先頭のコーエンは既に随分と前を歩いており、今の声の主であるエレーナが不思議そうに俺を見詰めていた。

「あー……いや、悪い」

なんと言い訳をしようかと一瞬だけ考えるも、手短《てみじか》に「悪い」のひと言で済ませる事にした。

エレーナも別段疑問を抱かなかったのか。首肯を一度だけ挟み、コーエンに追い付くべく駆け足気味に進み出す。俺もまた、それに続こうとした時——

「カルサスの王女がやってきた。対象の他に『心読』と護衛が三人いる」

俺達がある程度離れた事を確認した途端、コーエンの行動を認めたはずの兵士が、誰かに報告を始めていた。

人よりも五感は優れていると自負する俺で、ギリギリ聞こえるかどうかの声量。その声が決して友好的なものでない事を理解したが故に、

「……めんどくせぇ」

溜息と共に気怠《けだる》い言葉が俺の口を衝《つ》いて出た。

厄介事になりそうだと予め聞いていたものの、実際にそうなると確信を抱けば、鬱々《うつうつ》ともする。

不幸中の幸いは、遺跡に辿り着くまでには幻術の結界を通らなければならないという事。加えて、遺跡付近に〝迷いの森〟に滞在する帝国の重要人物が集結しているであろう事。

フェリやラティファがこの場に辿り着く事は、限りなく不可能と言っていい。だから俺は、彼女達に累《るい》は及ばないだろうと、なけなしの安心感を抱いていた。

◆◆◆

めらめらと揺らめく、篝火《かがりび》の深緋《こきあけ》が散見される。

時折、がらがらと音を立てて燃え盛る薪《まき》の音が耳朶を打つ。

コーエンに案内された遺跡は、神秘的という言葉がこれ以上なく似合う場所であった。もし俺が詩人であれば語彙《ごい》を尽くして賛美しただろう。

「ああ」

遺跡に足を踏み入れた俺が何よりも先に口にした言葉。

それは――

「気持ちが悪い」

侮蔑であり――この場において俺だけが理解できる褒め言葉であった。

篝火の暖色に照らされる壁。

そこには絵が描かれていた。

狂った世界が。穢《けが》れた世界が。壊れ切った、世界が。

だからこそ、俺は気持ちが悪いと言う。

あの世界をこんな壁画一つで再現し、こうも容易く思い起こさせてくれたルドルフの才能を、俺なりに称えたのだ。

「それで──」

己の脳内にふつふつと湧いた過去の記憶に背を向けて、俺はコーエンへと向き直る。

この不快感の払拭はきっと、一生涯不可能だろう。だが、俺の中を埋め尽くす感情を隠す事は造作もなかった。なにせ、夢の世界で幾度となく俺は、懐古し続けていたのだから。

「あんたは何が聞きたいんだ？　コーエン・ソカッチオ」

これまでの様子から時間がないのだろうと察していた俺は、早速本題へと切り込む。しかし。

「まず、お前に聞いておきたい事が一つある」

何となく、コーエンが俺に何を尋ねたいのかが透けるように分かった。

だから、小さく自嘲めいた笑みを浮かべる。

あまり聞いてほしくはない事だったから。

それは決して誇れるものではないと、己自身が決めつけていたから。

「お前は一体何者だ？」

「もう名乗っただろ？　シヅキってさ」

「……そういう事ではないと、お前自身が一番分かっているだろう」

平気な顔をして嘯《うそぶ》いてやると、半眼で呆れられながら図星をつかれた。

「おれはお前という人間を一度覗いている……その時読めたのは、二人分の生」

やはり、コーエンは気づいていたらしい。

「一人はファイ・ヘンゼ・ディストブルグという〝クズ王子〟と呼ばれる王子の生」

どこからか聞こえた、息を呑む音。音の出所は、少し離れた場所で壁画を眺めていたエレーナか。

もしくは彼女の護衛役であったウルか、レームか。

「もう一人は、シヅキと呼ばれていた剣士の生だ」

「——どういう事、それ」

話の途中にもかかわらず、エレーナが怪訝顔で割り込んでくる。

「言葉の通りだ。そいつは紛れもなく人生を二回歩んでいる。一度目はシヅキと呼ばれていた剣士としての生。そして二度目が今現在。ファイ・ヘンゼ・ディストブルグとしての生」

「……え」

「所謂《いわゆる》、転生というやつなのだろう。俄《にわ》かには信じ難い事であるがな」

何もかも筒抜《つつぬ》けか、と諦念にも似た感情が溢れ出す。だけど、その感覚は少しだけ懐かしいものであった。

「そこまで知ってるなら尚更、質問の意図が分からねえ。そこまで分かってるんなら、あえて何者だなんて尋ねる必要はないだろうが」

そもそも、他でもない俺自身が自分の現状に疑問を抱いている。どうして、ファイ・ヘンゼ・ディストブルグとして生を受けてしまったのか。

今でこそ、殺し損ねていた〝異形〟を鏖殺《おうさつ》する為か、などと思うが、実際のところは分からない。

「それに、俺は遺跡についての解読に協力するとは言ったが、質問に何でも答えるとは言ってねえ。だから……その質問に答える義理はねえよ」

一度は全てを投げ捨てて死に逃げた俺である。この身はどこまでもろくでなしの畜生。それを自覚しているから、己を貶める言葉は何度も何度も使う。己の業《過去》を刻み付けるように。

それでも過去を否定するつもりは毛頭無かった。そして、それをひけらかすつもりも。

「…………」

俺の返答に、コーエンは不快感を隠そうともせずに眉根を寄せていた。

けれど、関係ない。

「……そう、だな」

微塵《みじん》も譲る気配を見せない俺に、コーエンは諦めたようにかぶりを一度振る。

「ならば質問を変えよう……この壁画は、一体何だ？」

リーシェン・メイ・リィンツェルのようには、俺の全てを覗ききれなかった故の質問だろう。

だが俺はそれを、ふ、と嘲り哂《わら》った。

「とある人の言葉を借りるとすれば、これは『救い』なんだとさ」

「……『救い』だ？」

「ああ、そうだよ。とあるロクでなしが描いた『救済』。その成れの果てがコレだ。醜い化け物が跋扈《ばっこ》する地獄のような世界が『救い』だったのさ」

法も規律も、当然として求められる人倫も。

何もかもが『当たり前』ではなかった世界。

一人ではどうにもできず、他人の手を取る余裕なんてものもどこにもなくて。そんな彼らに手を差し伸べたのが、〝異形〟を生み出した張本人である〝黒の行商〟であった。

苦しみも、悲しみも、何もかもを忘れさせてくれる。そんな夢のような〝丸薬《麻薬》〟を、彼は弱き者に差し出した。

……初めは本当に『救い』のつもりだったのかもしれない。

であるならば、その『救い』がただ化け物に変貌させる種であったのだと気づいた時点で、彼はそこで立ち止まらなければならなかった。

しかし〝黒の行商〟は〝異形〟への変貌までもを『救済』と捉え、世界を壊す事が『救い』であると答えを得てしまった。

「あの世界には、三種類の人間がいた。『救い』に身を委ねてしまった弱者と、『救い』に身を委ねられない人間と、好き勝手に生きるロクでなし。そんな三種類の人間がいたんだ」

一番悪いのは、壊れた世界を是《ぜ》としたロクでなし共。

次に悪いのが、押し付けの『救済』を掲げた〝黒の行商〟。

幾度となく目にした。ただの人間が〝異形〟に変貌してしまう瞬間を。

あんな醜く、穢らわしいもののどこに救いがあるのだと悩み抜いて。弱者である彼らもなりたくて〝異形〟になったわけではないと知って。そんな彼らにつけ込むように〝黒の行商〟は『救い』であると宣《のたま》って。

彼らの慟哭を知った上で、結局〝異形〟に身を委ねてしまった者を幾度となく斬り殺すしかなくて。

理性を差し出した〝異形〟が、己の家族だった者を殴殺する光景も何度も見た。醜い光景を、何度も、何度も。

そして気づけば、俺も先生達《みんな》のように〝異形〟という存在を心の底から恨んでいた。

「……この壁画は、今言ったうちの二番目だった人間が遺したもの。殺し尽くしたのも、二番目の人間だよ」

ルドルフとトラウムがこうして遺跡としてあの世界を遺した理由は、一つしか考えられなかった。

「……欠片程も認めたくはなかったけど、あの世界でならば〝異形〟という存在もまだ、認められた。あの世界では、〝異形〟に身を堕《お》とす事も少なからず仕方がなかったと、俺ですら言えるから」

コーエンが投げ掛けてきた質問には既に回答している。故にこれ以上の言葉は不要と理解しているのに、口は止まってくれない。〝異形〟の話となると頭に血が昇る癖は、未だ治ってはいなかった。

「でも、この世界に〝異形《アレ》〟は間違っても要らねえよ」

この世界に、〝異形《アレ》〟が存在していい理由なんてただ一つとてなかった。

だから俺は怒っていた。

最早、それは衝動といってもいい。

「覚えておけ、コーエン・ソカッチオ」

どうせ、彼は俺という人間を一度覗いている。

だったら、下手に言葉を飾る必要もない。

「この遺跡は、二度とあの歴史を繰り返さないようにと戒《いまし》めを込めて残された遺跡だ」

ルドルフを知る俺だからこそ、そう断じる。

「歴史を追うのはお前の自由。だから口出しするつもりはねえけど……あんたの追ってる歴史は、間違ってても綺麗なものじゃない。もっと、醜くて穢れた汚点の塊だ」

だからこそ。

「もしあんたが〝黒の行商〟と同じように〝異形〟に手を伸ばす事があれば、俺は間違いなくあんたを斬り殺すぞ……あまり、足を踏み入れ過ぎないでくれよ」

第六話　時間遡行《そこう》

張り詰める剣呑な空気。

しかしそんな雰囲気も、続くコーエンの言葉によってほんの微《かす》かに和らいだ。

「……そう凄まないでくれ。確かにおれは歴史の探求者であるが、お前のような奴と安易に敵対する程自惚《うぬぼ》れてはいない。仮に足を踏み入れるとしても、リスクリターンの見極めは最低限するつもりだ」

俺としては、安易に踏み込まないでくれるならばひとまずはそれで良かった。

「……とはいえ。成る程、この壁画は警告であったか」

腑《ふ》に落ちたと言わんばかりの表情をコーエンは浮かべる。

「道理でおれがうまく読み取れないわけだ」

彼の通称は――『心読』。

人に限らず、物からもその内奥を読み取る事ができる能力から付けられた二つ名である。

そんな彼を以《もっ》てしても、壁画に込められた溢れんばかりの憎悪が邪魔をして、上手く読み取れなかったのだろう。

長年の悩みが払拭されたからか、晴れやかな表情を浮かべるコーエンであったが、

「――待っ、て」

対照的に、震えた声で制止の言葉を口にする人物がいた。

――エレーナだ。

「じゃあ、『時の魔法』はどこにあるの……?」

「少なくとも、俺はそんな魔法の存在は知らない」

俺は続けて答える。

「それと、この遺跡にその手掛かりはないだろうな」

この遺跡に関わったであろう人物は、俺の想像が正しければルドルフとトラウムの二人だけ。

あの二人の血統技能《能力》は俺も把握していた。彼らの能力が、エレーナの言うような『時の魔法』には掠《かす》りもしない事を。

「どこから聞きつけたのかは知らねえけど、申し訳ないが、俺の記憶を掘り返してもそんな魔法の

手掛かりは微塵もない」

「……まっ、て。待って。待って、よ。わたしは」

『時の魔法』という存在を頼りに生きてきたのに。

続くであろう言葉は、容易に想像がついた。

俺は一度、エレーナと時間の遡行について語り合っていた。だから、彼女がどれ程そこに賭けていたのかを知っている。

恐らく彼女は〝異形〟によって心を、当たり前の日常を容赦なく蹂躙された被害者だ。戻れるものならばさぞ、戻ってやり直したい事だろう。その気持ちは痛いくらい分かってしまう。

「随分と厳しいな。そこの元王女はお前の知己《ちき》でもあるんだろうに」

頭を抱え、虚《うつ》ろな目でブツブツと呟きを繰り返すエレーナを横目に、コーエンがそんな言葉を投げかけてくる。

「だから、に決まってるだろ」

――生き続けた先に、『答え』がある。

そう言われ、その言葉に縋って生きてきた俺は結局、『答え』を見つけられなかった。

そして絶望した。

摩耗し、とうの昔に擦り切れてしまった心は修復不可能なまでに壊れきって。その生を強制的に己の手で終わらせてしまった。

そんな過去を歩んだ俺だからこそ、ありもしない希望を持たせる言葉を使う事を拒んだのだ。

「存在しない幻想に浸って一体誰が救われるよ？　その幻想に乗っかる方が残酷だろ」

理想に溺れる事ができるのは、現実を知る一歩手前まで。そして溺れるという一時的な逃避の後に待ち受けているものは、より凄惨な現実だけ。

果たしてどちらの方が酷いだろうか。

「わた、しは、変えなきゃいけないんだよ。あの時に、もどっ、て、わたしが変えなきゃいけないんだよ」

か細い声で紡がれる心の慟哭。

「じゃないと、何の為にわたしが生かされたのか、が、分からなく、なる」

生かされたから、死ねなかった。

そんな想いを胸に抱き、懸命し続けたエレーナは、まるで己の映し鏡ではないかと錯覚してしまいそうなくらい、俺と酷似していて。

どうしようもなく、小さく映った。

◆◆◆

ファイが勝手な自己判断の下、コーエン・ソカッチオらと共に遺跡に足を踏み入れていた頃。

宿屋を後にし、彼が辿った道をなぞるように歩き出す二つの人影があった。

「ラティファ」

「はい。何でしょうか、メイド長」

「貴女は……時間を戻せるとしたら、戻したいですか」

「変な質問ですねぇ。メイド長らしくもない」

ラティファと呼ばれた茶髪の女性は、メイド長——フェリの唐突な質問にほんの一瞬驚きこそするも、すぐに普段の調子でにんまりと口角を曲げて笑ってみせる。

「今朝、殿下が仰《おっしゃ》ったんです。意図は分からずじまいでしたが、どうしてかそんなご質問を」

「成る程。そういう事でしたら、先程の言葉は撤回します。ものすっっ、ごくメイド長らしい質問でした」

己の主《あるじ》の何気ない質問の意図を愚直に模索しながら、考え込む。そのもどかしいくらいの不器用さは、正しくメイド長らしいと、ラティファは楽しそうに破顔を続ける。

折角『シヅキ』なんて偽名を取り決めたというのに、また『殿下』呼びになってしまっていた事に少し引っかかるも、近くに人もいないし今は良いか、と放置を決め込む。

「そうですねぇ。私だったら、戻したいと願うかもしれません」

たとえ、己が掲げ続けていた矜持《きょうじ》や誓い、思い出や記憶に背を向ける事になるとしても。

本当に変える事ができるのならば。

心の中で密かにそう付け足して、ラティファの表情がほんの僅かに引き締まる。

「でも、そんな都合の良い話はありませんけどね」

万が一にもそんな事は起こり得るはずがないと決めつけるようなラティファの態度に、フェリは少しだけ眉間に皺《しわ》を寄せた。

「この世界には色んな種類の魔法があります。きっと探せば、今仰ったような『時の魔法』に準ずるものもあるのかもしれません。ですけど、何事にも穴はあります」

「穴、ですか」

「はい。たとえば、シュテン殿下の膨大な魔力量には、身体が耐えきれないという穴がありました。グレリア殿下の魔法には、対象に触れなければならないという穴が。メイド長の降霊にも。シヅキの剣にも。何もかもに、穴がある」

はっとした様子で、フェリはラティファを見詰める。

シュテンやグレリアの事については、ラティファが知っていてもおかしくない。だがどうして、己やファイの事までを知っているのか。

本来知り得ない情報を手にしていたラティファに、驚きを隠せなかった。

「そしてきっと、仮に時間を遡行できるとしても穴は存在してしまう。そんな事を考えてしまうから、私は『かもしれない』なんて不明瞭な言葉でしか返事ができないのかもしれませんねぇ」

——特に。

そうして言葉はまだ続く。

「時間遡行についての悲しい物語もありますしね。だからか、今の質問に対して私はどうにも前向きに考えられないんです」

「……悲しい、物語」

「幼い頃に読んだ物語なんですけどね。登場人物の名前ももう朧気《おぼろげ》ですけど。二人の少年少女と、〝時間遡行〟の能力を持った、哀れなその先生。合わせて三人の物語です」

そのうちの、一人の少年だけが、終《つい》ぞ知り得なかった事実を交えた物語。

「男の子の名前は忘れちゃったんですけど、女の子の名前は確か——ティアラ」


——理不尽な不幸は人生につきものだ。特に、この世界には数え切れない程転がっているからね。


殊更ゆっくりと瞬《まばた》きをし、かつて己に向けられた言葉を思い返しながら、ラティファは微笑んだ。

「……どうして、哀れなのですか」

フェリが問う。

〝時間遡行〟なんてとんでもない能力を持っていながら、どうして哀れなのかと。

「簡単な話ですメイド長。その能力では誰一人として救えなかった。だから、哀れなんですよ」

己という存在だけを過去へと遡行させる。

そんな血統技能《のうりょく》であるとラティファは聞き及んでいた。

そして能力の持ち主である先生は、それを用いて過去を変えようと何度も試みていた。しかし、変える事は最後まで叶わなかった。それが、〝時間遡行〟という能力に備わった唯一の穴。

「有する能力は、過去に戻るという一点のみ。どれだけ足掻《あが》こうが結果は変えられなかった」

少年に限らず、誰もが言っていた。

先生に勝てる存在がいるとは思えない、と。

それはそうだ。

なにせあの人は過去を変える為に何万回と過去に渡り、試行錯誤を繰り返した人間だから。

その過程で、己を強くしようと試みたはずだ。

そもそもの経験値の桁《けた》が違う。当然、勝てるはずがないのだ。

「変えられるのは過程だけ……心が耐え切れず、そう言って諦めるしかできなかった、世界で一番目に哀れな人間の物語です」

もし仮に、『時の魔法』というものが存在するとして。だとしても、きっとこんな末路が待ち受けている。

そう信じて疑わないラティファだからこそ、この話を持ち出していた。

「そして一番哀れなのは、その先生の薫陶《くんとう》を受け、能力を除いた先生の全てを受け継いでしまった少年ですかね」

散々に打ちのめされ、先生と呼ばれた男の心が壊れきった後に、少年と彼は出会った。

だから受けた薫陶すらも、どこかで壊れてしまっている。

故にラティファは、哀れであると言うのだ。

「……ちなみに、その物語はどんな結末を迎えたのですか」

「私も最後まで読みたかったんですけどね。色々と訳あって読めなかったんです」

でも。

「ですが、あの物語は特に悲しいストーリーだったので。きっと、悲しい結末が待っていたような、そんな気がします」

「そう、ですか」

「なんにせよ、時間遡行なんて都合の良い存在に縋るより、今を精一杯生きた方が絶対にお得です」

仮にそんな都合の良いものを手にしたとしても、穴はどこかに存在するだろうから。

だから、それに頼らない選択肢を選ぶべきであると、ラティファは話を締めくくる。

「とは言っても、理不尽なんて腐る程転がってるこの世界でそれは難しい。だから、宗教やら、得体の知れない変なものに縋る人が出てくるんでしょうねえ」

ほんと、困ったものです。と、彼女は溜息と共に目を伏せた。

だが、それも一瞬だけ。

「にしても！　時間を戻せるなら戻したいか？だなんて、シヅキにそんなメルヘンチックな部分があったとは驚きですね！」

キリッ、とわざとらしくラティファはキメ顔を作って見せる。

それに笑いのツボを刺激されたのか。ぷっ、とフェリが微かに吹き出した。

「確かに思い返してみれば、殿下らしくない質問でしたね……少し誰かと話し込んでいたと言っていましたし、その時に同じ事を尋ねられたのかもしれませんね」

「ほうほう。あの年がら年中グータラを貫く王子様と打ち解けるとは、相当な変わり者もいたものですねえ」

「そういえば、ラティファみたいだったと仰られてました」

「…………」

それを聞いたラティファの顔から、表情が消え失せた。

そして数秒後、彼女はぴくぴくと表情筋を痙攣《けいれん》させながら、

「こ、心の広い素敵な方と巡り会えたようで何より、です」

と、ぎこちなく言い直した。

第七話　逆凪《さかなぎ》

「にしても――」

ラティファはぐるりと辺りに視線をやり、ほんの少しばかり疲弊《ひへい》した足を気にしながら言う。

「案の定……いませんね、シヅキ」

心のどこかで、微かにこうなる気はしていた。

流石に今回は自重してくれるだろう、という二人の希望的観測は、粉々に打ち砕かれていた。

「はぁ……」

呆れ果てて言葉も見つからない。そう言わんばかりに、フェリの口から深い溜息が一つ。

「まあまあ。あのグータラ王子の事です。意外とどこかで昼寝でもしてるかもしれませんよ？」

顔を手で覆うフェリに、ラティファがそんな慰《なぐさ》めの言葉を口にするも、

「いいえ」

フェリは即座に否定。理由は単純明快だった。

「殿下の性格を考えれば、その選択肢はあり得ないでしょう」

「殿下の性格、ですか」

少しだけ意外そうに、ラティファはフェリの言葉を復唱する。そして数瞬の黙考を経てから、ラティファの視線はぐにゃりと歪んだ空間――『迷いの森』と呼ばれる所以たる大規模幻術に向いた。

肌で感じる、どこか懐かしい気配。

僅かに意識を向けただけで、ファイが得たのと同じ感覚にラティファも気づいてしまった。

そして破顔。

――あぁ、確かに。シヅキの性格を考えれば、これは見逃せないかもしれない。

フェリとは異なった過程を経るも、期せずして両者は同じ結論に至る。

「何はともあれ、シヅキがいないんじゃ仕方がない」

はぐれてしまった時の為にある鈴の魔道具だが、幻術が機能している以上、効果は期待できない……もっとも、使えたとして結果は見えていたが。

「どうしますか？　メイド長。私達もシヅキを追ってこの先に向かうか。それとも引き返して帰りを待つか。はたまた――」

そこまで言ってから、ラティファは常よりも目を見開いて続ける。

「私達の後をつけてた不審者の正体を明かしてみるか」

「不審者、ですか……？」

ずっと感じていた、ぞっ、と背筋を撫でられるような感覚。指摘されて尚、フェリはそれに気づけていないのか、疑念の浮かぶ瞳でラティファを射抜く。

しかしラティファは、はい、と肯定しつつ笑みを見せ、さも当然のように言葉を続ける。

「ずっと後ろの木の陰に隠れてますよ。機会でも窺ってるんですかね、今はまだ出てくる気配はありませんけど……」

武装と言えるものは現状、ファイが部屋に置いていた〝影剣《スパーダ》〟のひと振りがラティファの腰にあるのと、フェリが腰に差している剣の二つだけ。万全とは言い難い。

「尾行……一体何の為に……」

「うーん。後をつけられる心当たりは……」

数瞬考えた後、二人して同じ答えに辿り着く。

『迷いの森』を有するこの街――フィスダンに来た目的は一体なんだったたか、と。

――帝国が絡んでいたじゃないか、と。

帝国が掲げる忌まわしき方針――異種族排他。

加えて、帝国はより多くの〝英雄〟を自国に囲い込もうとしている。

であるならば敵の狙いは、エルフであるフェリか、〝英雄〟と目されつつあるファイのいずれか。

エルフの種族特徴を隠せとひと言告げなかったのは拙《まず》かったかと、今更ながらにラティファは思う。

「なる、ほど……っ」

少なくとも、尾行者はフェリ・フォン・ユグスティヌの目を欺《あざむ》ける隠形《おんぎょう》の術《すべ》の持ち主。その実力は厄介極まりないだろう。

だがしかし、仮にそうだとして、引っかかる部分が一つある。

「……どうして襲ってこないんですかねえ」

排除すべき標的を前にして、どうしてアクションを起こさないのか。

背後から近づいて不意を打つ機会は、ここまでに何度もあったはず。しかし、未だに仕掛ける気配は感じられない。そこには何かしらの理由があると考えるべきだろう。

「さて。どうしますか？　メイド長」

「どうしますか、と言われましても……」

フェリは未だ尾行者の存在に気づけていない。どうすると聞かれても現実味に欠け、生返事になるのも仕方がないと言えた。

「後顧の憂いを断つべく相対するか。シヅキの帰りを待つか。シヅキを探すか。当たりを引けば、多分ですが尾行者は何もせずに引き下がってくれるでしょう」

……ただ、当たりの場合、選び取った道の先に必然、尾行者が襲ってこなかった理由が付き纏ってしまう。

つまりどの道全てがハズレでしかないわけですが、と口にしたラティファに、そういう事でしたら答えは一つです、とフェリは言う。

「まだ私達はフィスダンに滞在し続けなければなりません。だったら、懸念材料は今、潰しておくべきでしょう。私達の為にも、殿下の為にも」

初めからその答えを見透かしていたのか、ラティファは莞爾《かんじ》と笑う。

そして踵《きびす》を返し、ざっ、と足音を立てて慎重に一歩踏み出した。

「いい加減、出てきたらどうですかあ？」

数十メートルも離れている木陰に向けて、ラティファが声を張り上げる。

ここは、まともな感性を持った人間ならば近付こうとしない『迷いの森』のすぐ側。人気《ひとけ》は全く感じられず、彼女の声はひときわ周囲に響き渡った。

だが、後に続いたのは返事ではなく、シン、と静まり返る寂寞だけ。

「…………ん」

どうやら向こうはだんまりを決め込むらしい。

ならばとラティファは、勇ましくもう一歩と先へ踏み出した。すると漸《ようや》く観念したのか、ガサリと不自然な葉擦《はず》れの音がやってくる。

「ははは」

変な笑い声が上がった。

どこか称賛の感情を混ぜ込みながらも、笑い方は人を馬鹿にするような嘲弄めいたもの。

故に、変な笑い声。

「僕に気づけるってさァ、どんだけ気配に聡《さと》いのさアンタ」

木陰からゆっくりと姿を現したのは、まるで二枚目俳優のような男であった。猛禽類《もうきんるい》を思わせる切れ長の目で、ラティファを興味深そうに見詰めている。

「これでも隠形にゃ、結構自信あったんだけどねェ」

軽薄な笑みを浮かべながら、男はぽりぽりと後ろ頭を掻いていた。

「それは失礼いたしました。自分を見つけてほしいと言わんばかりの拙《つたな》い隠形だったものでつい」

「……言うねェ」

ラティファとしては皮肉のつもりであったのだが、男は愉《たの》しそうに相好を崩し、身体を震わせる。

「ところで、そこのアンタに僕から一つ提案があるんだが……」

そう言って男が突き付けた人差し指の先には、ぐにゃりと歪む空間があった。

「その先に進んじゃくれねェかな。僕、こう見えて戦う事は苦手でねェ」

「どうして、あの先に行けと言うのです？」

フェリが抱いた疑問を即座に言葉に変える。

「そりゃアンタ、その先には『氷葬』がいるからに決まってるだろォ？　先に進みさえしてくれれば僕の出番はその時点で消える。簡単な話だ」

『氷葬』――帝国に属する一人の英雄。

「でもそうしてくれないと言うのなら、必然僕が相手をするしかなくなる。戦いは嫌いだけどこればっかりは、ねェ？」

粘着質な視線がフェリに向く……彼女の種族特徴である尖った耳へ。

「なるほどなるほど。漸く合点《がてん》がいきました」

どうして、襲おうとしなかったのか。

そして、姿を現した男の正体について。

「ですが、メイド長を狙おうとする帝国の人間《不埒者》を放置するというのは、流石にいちメイドとして看過できかねますねえ」

「……オイオイ。正気かよ。アンタじゃ僕の相手は務まらねェよ。二人掛かりなら何とかなるって思ってんなら、そりゃ幻想でしかねェぜ」

刃音《はおと》を鳴らして〝影剣《スパーダ》〟を抜き、構えを取ったラティファを前に、底の見えない奈落に突き落とさんとばかりに、じりじりと威圧感を強く顕示しながら男は宣う。

「なにせ僕も――」

明らかにそうと分かる嘲弄を顔に貼り付け、せせら笑っていた。

「〝英雄〟の端《はし》くれなもんでねェ?」

その言葉を耳にした瞬間、ピクリとラティファの表情が動く。

「まさかこんな場所で出会えるたァ、思っても見なかったよ。フェリ・フォン・ユグスティヌ」

英雄を名乗った男は、フェリの名前を言い当てていた。

この時点で、ただ単に異種族だから付け狙っていたという線は消える。

「アンタがいるって事は、だ。その向こうにはファイ・ヘンゼ・ディストブルグでもいるのかねェ」

「仮にそうだとして、貴方がどうすると？」

「捕まえる他ないだろうねェ。そういう事なら『氷葬』一人じゃ心許《こころもと》ないからさァ。加えて『心読』は味方かどうか曖昧《あいまい》。だったら、面倒臭いけど僕も向かわなきゃいけないだろう？」

そもそも手が足りないから呼ばれたというのに、こうしてサボってばっかりだと怒られてしまうじゃないかと、男は仕方なさそうに笑った。

「『氷葬』に、『心読』ですか」

どちらも名の知れた、帝国所属の〝英雄〟の名だ。

「嘘だと思うかい？」

「……いえ、十中八九真実でしょう」

男のいやに澄《す》んだ瞳の奥に湛えられている感情を覗き込みながら、嘆息混じりにフェリが言う。

真実だと考えた方が納得いく部分が多いからだ。

「ですがそういう事なら尚更、貴方をここで止めなければなりませんね」

フェリがファイの心配をする。しかしそれは余計なお世話というものだ。

なにせ、彼は彼女よりもずっと強い人間なのだから。

恐らくは、『氷葬』や『心読』といった〝英雄〟と鉢合わせになったとしても、きっとファイならば何とかしてしまうのだろう。

困難にぶつかる度に乗り越えてきた、あのファイならば。

得体の知れないナニカを感じさせながらも頼もしくある、あの王子ならば。

しかしだからと言って、本来守るべき主におんぶに抱《だ》っことというのは如何なものなのか。

「もっとも、たとえ三人がかりであったとしても、殿下が負ける姿は想像できませんが」

「ほぉ……言うねェ」

だから、フェリは好戦的に言葉を言い捨てた。

メイド長のそんな「らしくない」姿を、面白おかしそうにラティファは笑う。そして、こうなってしまうとやはり、二人で共闘するしかないですね、と結論付けようとして――

「とはいえ、英雄が二人いるといったが、二人『だけ』とはひと言も言ってねェよ？」

む、と彼女の唇がかたく引き結ばれる。

「アンタの言う通り、ファイ・ヘンゼ・ディストブルグが〝英雄〟二人を相手取れる人間だったとして……だが、アレすらも相手にできるのかねェ」

男が脳裏に浮かべるは〝異形〟の姿。帝国の一部の人間だけが既知とする生物兵器。

「しかも、今回は極上の素材と聞いてる。その自信がただの見栄《みえ》になり下がらなきゃいいけどねェ」

「素材ですか」

ひどく冷淡な声音で、今度はラティファが問う。

「そう。とある生物兵器を作る為の素材さ。それが何であるかは言えないけど、今回は良い具合に〝世界に絶望〟してるらしい」

そんな彼女の変化を感じ取れなかった男は、べらべらと喋り続ける。

「アレの猛威にさらされたヤツらってのは、総じて良い味を出すらしい。丁度――」

再び示された男の指先には、今度はフェリが。

「アンタもその一人だと聞いてるぜ。フェリ・フォン・ユグスティヌ？」

半ば反射的にフェリは、ぞわっ、と全身の身の毛がよだつ感覚に見舞われながらも、瘧《おこり》のように身体を震わせ、赫怒《かくど》の形相を見せた。

未だかつて目にした事がないフェリの表情に、流石のラティファも言葉を失う。

「貴方、っ、達はどうしてそうもッ！！！」

その先は最早、言葉にすらならなかった。

何を揶揄《やゆ》されたのか。当事者であるフェリだからこそ理解できてしまったから。

「まあ。まぁ。落ち着いてくださいメイド長。そうやって怒ってしまえば相手の思うツボです。どう考えてもあちらは挑発しようとしてるんですから……真偽の程は知りませんけど、相手は〝英雄〟らしいですし、頭に血を上らせながら戦うのは得策と言えません」

「です、がッ」

「幸い、相手がべらべらと喋ってくれたおかげで、シヅキがどうして『迷いの森』の深部へ自分勝手に向かったのか、その理由も分かりました」

男は言っていた。極上の素材があると。

ラティファの想像が間違っていなければ、それは人の事だろう。『絶望』と『生物兵器』。その二つを結び付けて彼女の脳裏に浮かび上がるのは——〝異形〟と呼ばれていた怪物の姿ただ一つ。

故に、安易に想像がついた。

理知的なんて言葉とはかけ離れた少年の行動理念は、義務感と同情心。その二つ。

きっと彼は同情し、己に課せられた義務感を貫こうとしたのだ。その結果、こうして先走った。

……本当に、分かりやすい人。

そう思い至り、ラティファは何度目か分からない微笑みを見せる。

「全て納得ずくで先へ進んだのでしょうし、シヅキの事を気にかける必要はありません。私達はここで自称〝英雄〟さんを縛り上げちゃいましょう」

普段通りのどこかおちゃらけた様子で言うラティファであったが、その言葉には本人しか分かり得ない諦念が織り込まれていた。

それは、相手が〝英雄〟であるからという戦力的な意味のものではない。己のなけなしの決意に対する諦めである。

「……は、はは。あはは、結局、こうなっちゃうか」

いつぞやのファイのような言葉を零す。

折角ゆっくり、ゆっくりと進めていた時計の針を逆回転にする。ただそれを容認するだけと言ってしまえば簡単だが、当人にとってそれは堪え難《がた》い苦痛そのもの。

「私も戦いは苦手だったんだけどなあ」

「そういう事ならアンタだけでも逃げ出すかい？　そこのエルフを置いていってくれるってんなら僕はアンタを見逃すぜ？　僕からすりゃ、そこのエルフよりアンタの方がよっぽど怖えんでね」

「買い被り過ぎですよ。なにせ私はただの王子付きメイドですから」

「もし本当にそうだとすりゃ、僕的には助かるなァ」

じり、じりとお互いに距離をはかる。

そんな中、ラティファは横目でフェリの姿を確認しながら、

「メイド長。いつでも即座に対応できるように準備だけはしておいてくださいね」

――ちょっとだけあの方、強い気がするので。

己が感じた直感で言う。

「ラ、ティファ……？　貴女は、一体……」

事態を呑み込めていないのか、疑念に塗れた言葉を紡いだフェリは、ラティファの側に向かおうとした。

彼女の中でラティファという女性の立ち位置は、「戦えない」人間だ。だから止めようとする。

己が割って入ろうとする。しかし。

「っ！　……すい、竜……ッ！！！」

駆け寄ろうとした足がピタリと硬直した。

フェリの意思に反して足は動かない。彼女は必死の形相で、強引に足を止めたであろう下手人の名を口にする。

そして彼女の身体に降りた上位の存在により、その瞳は普段の翡翠《ひすい》色から瑠璃《るり》色へと、侵食するかのように変色を始めた。

――お主《ぬし》は何者だ。

瑠璃色に変わりゆく瞳は、口ほどに物を言っていた。

「あはは。私ですか。やだなあ、ファイ、、、、の同類に決まってるじゃないですか」

己が誰かと聞かれた時。

答えるとすればこの返答しかあり得ないと、ラティファは以前より決めていた。

しかし、ことこの場において、その返答は悪手でしかなかった。なにせ、水竜はファイ・ヘンゼ・ディストブルグを尋常の人と捉えていないから。

どこか悍《おぞ》ましさを覚える彼の在《あ》りように肌で触れた、数少ない人物であるが為に。

「そう怖い顔をしないでくださいよ。私だってこの事はあまりひけらかしたくないんですから」

二十数年もの間、隠し通してきた秘密。

その片鱗でしかないが、それを見せるのだ。抵抗がないといえばそれは嘘になる。

「でも、こんな私にも矜持はある。己の根幹に据える信念のようなモノを、ちゃんと持ってるんです」

その根幹を揺さぶる言葉を発した男に対し、顔にこそ出してはいないが相当頭にきていた。故に。

「こんな時くらい灸《きゅう》でも据えさせてくれないと、やってられませんって」

パンッ。

音を立てて両の手のひらを合わせ、乾いた音色を響かせた。

それはかつてはティアラと名乗っていた少女が、己の〝血統技能〟を扱う際に定めていたルーティンの一つ。始動の合図であった。

「――〝雷装《フォルゴーレ》〟」

バチリ、とラティファの全身を覆うように雷光が迸《ほとばし》る。ひどく懐かしい感覚が襲う。

「そういえば」

ラティファはある者の名を呼ぼうとして、しかし呼ぶ名を知らなかったと気づき、今更ながらの質問を投げかける。

「名乗ってはくれないんですか？　英雄さん」

「く、ははっ。笑かさないでくれよ。僕は清廉《せいれん》な騎士様じゃないんだ。得体の知れないヤツに名乗る名は生憎持ち合わせていなくて」

「得体の知れないとは、随分な言いようですねえ」

「これから殺し合いでも始めようってんのに、嬉々《きき》として笑うやつを他にどう言い表せと？」

そう指摘され、思わず彼女は己の口角へ手を伸ばす。少しばかり吊り上がった感触が手を伝《つた》った。

この笑みは、理屈でもなんでもない。無意識の深度で染み込んだ癖の一種。

何を隠そう、シヅキとティアラが先生と呼んでいた人からの教えであった。

――僕達にとって強い人間っていうのは、底の見えない人間を言い表す。だから笑うんだ。どんな時でも笑う。ほら、どんな時でも笑うヤツは底が見えないだろう？

そう言って、記憶の中の先生は見本でも見せるようにひたすら笑みを貼り付けていた。

「あはは、耳が痛いですねえ」

「嘘つけェ」

心にもない事言ってんじゃねえよと、言ったそばから笑うラティファを責めるような視線が飛んでくる。

確かに言葉と行動があってなかったなあと反省しつつ、彼女は男へ右の手を向けた。

「迸れ――〝雷竜《らいりゅう》〟」

そして何の脈絡もなく、ひどく平坦な声で発せられたフレーズ。

それが攻撃の合図なのだと男の脳が認識した時には、既に切っ先は首元に届く一歩手前にまで迫っていた。

「ッ、ぶねェ！！！」

ラティファの腕から迸った雷撃を半ば反射的に男が紙一重で躱《かわ》し、堂々と不意をつくたァ良い度胸してんじゃねェか、と悪態の言葉を脳内で組み立てた時。

「はい。こんにちは」

躱した先には、まるで動きを予見していたかのように先回りし、身体を大きく捻って蹴りのモーションに入っているラティファの姿があった。

「そして、さようなら」

いつの間に距離を詰めた……？　なんて言葉を口にする間もなく、ごき、と音が鳴った。

奔る激痛。

蹴り飛ばされた痛みに加えて、ラティファが纏う雷光が追撃とばかりに身体を蝕《むしば》む。

砂を巻き込み、まるでボールのように大地の上を跳ねる男の身体。

だが、それも刹那。

地面に足を擦らせる事で、蹴り飛ばされた勢いを無理矢理に殺す。

「て、めェ……ッ」

燃えるような怒気を立ち上らせながら、男はラティファを睨《ね》め付ける。

「あれ？　もしかして、マズかった？　ですかね？」

ラティファは戯《おど》けるように後方のフェリに確認を取るも、彼女は呆気にとられており、答えを返せる状態になかった。

ラティファとしては、名乗らないのかと尋ねた際に拒絶の言葉が返ってきた為に、この世界特有の戦の作法を無視していいものとばかり思い込んでいた。だからこそ、正々堂々真正面から不意をついた。

にもかかわらず、責めるような視線を向けられているこの状況が、不思議で仕方なかったのだ。

「あはは、隙だらけだったのでつい」

そして取り繕おうと咄嗟《とっさ》に選んだその言葉は、この場、この瞬間において何よりも切れ味の良い皮肉となった。

「では、お詫《わ》びと言っては何ですが、一つ忠告を」

随分と距離が開いてしまった男を見つめながら、フェリは言う。

「〝英雄〟だかなんだか知りませんけど、自分で名乗るうちはその称号に何の価値もありません。そういうものは誰かに称えられて初めて重みを持つ。程度が知れますよ？」

拍子抜けした。ラティファの言葉はまるでそう指摘しているようで。

「ははははッ。あはははははッ！！！！　へぇ、へェ、へぇ！！！　随分と好き勝手言ってくれるじゃん」

鋭利に研がれた言葉の刃は、相手の神経を的確に逆撫《さかな》でる。

「決めた。僕はアンタを倒そう。そして地面に這いつくばらせてから僕を称える権利をあげようじゃないか……だけど、称えさせるなら名を言わなきゃいけない、かァ」

そう口にした男の周囲に、鎌鼬《かまいたち》のような現象が無拍子に生まれる。ひゅん、と何かを斬り裂くような風切り音まで聞こえていた。

「僕はレヴィ。『逆凪』なんて洒落《しゃれ》た二つ名で呼ばれてる」

レヴィと名乗った、帝国の〝英雄〟の不敵な笑み。

信じられないものを目にしたかの如く見詰めるフェリ。

バチリ、バチリ、と音を立てる雷。

それら全てを置き去りにし、ラティファはレヴィの名乗りに応じるように、言葉を組み立てる。

「――私はラティファ。しがないメイドをさせて頂いています。以後、お見知り置きを」

【追憶】想いの行方。託したモノは彼方へと

『一見するとあり得ねぇような事だろうが、他に答えがなきゃそれが真実になる。世界はそうやって巡《めぐ》り廻《まわ》って新たな何かを創り出してんのさ』

なぁ、覚えとけシヅキィ？

だからこそ、オレは遺してぇんだよ。こうして血反吐《ちへど》を吐き散らかしてよぉ、好きでもねえ殺しをし続けてるオレらのクソったれた過去も、キチンと答えを残さなきゃ、ただの『あったかもしれない可能性』の一つに成り果てる。

仮にこの腐った世界をオレらが壊したとしても、いつか、必ずまたやってくる。こうして色んなもんを犠牲にした上で成そうとしてんのに、オレらの知らねえところで歴史を繰り返されちゃ堪ったもんじゃねぇだろ？

ルドルフは今日もまた、俺に向けて己の想いの丈をぶちまけていた。

いつだったか。俺はルドルフに尋ねた事があった。

どうして俺にそんな話をするのか、と。

己の考えに理解と協力を求めているのならば、俺よりも適任だろう者は何人もいた。実力は言わ

ずもがな、俺なんか遠く及ばないような人達で溢れている。

なのに、彼は決まって俺に向けて理想を語る。

だから、どうしてと問うたのだ。

するとルドルフは、

『んな分かりきった質問をするなよ。そんなの決まってるだろ？　シヅキが狂ってねえからだよ』

そんなおかしな事を宣った。

『狂っ、て？』

まるで俺以外の人達が狂っていると言わんばかりの言い草に、思わず動揺してしまう。

だが、ルドルフはその感情を否定するつもりはないのか。

『ああ。オレの目にはどいつもこいつも狂ってるようにしか見えねえ。だから、お前にだけこうしてオレの理想を語ってやってんだ。なぁ？　シヅキィ？』

『……なんか新鮮。俺の方が、みんなから狂ってるって言われる事が多かったからさ』

『ク、ははは
ッ。確かにな。この場合、オレらの方が狂っているとも言える』

ルドルフはどうしてか、自身と俺をひと括りに「オレら」と言い表した上で、相好《そうごう》を崩して大きな笑い声を響かせた。

『なぁ、聞いてくれよシヅキ。この前、トラウムの野郎にオレの全てを語ってやったんだ。したらあの野郎、なんて言ったと思う？「心の病気かよ」だってよ？　クソッタレ！　能力の相性さえ良ければぶっ飛ばしてやったのによぉ！！！』

ルドルフは表情を変えて、怒り心頭に叫び散らす。しかしそれも刹那の事。

『……まぁ、つまりそういう事なんだよ』

一瞬で沸き立った怒りは、やはり一瞬で沈静化した。

『この世界において、オレらのような人間ってのはどうしても、異常者と見られちまう。だがオレは、それを狂ってると言い表したくねえ。だったら必然、アイツらの方が狂ってるって言うしかねえだろ？』

人骨を踏みしめ、怨念を啜《すす》りながら腥羶《せいせん》な血道に身を埋める。こんな狂った世界だからこそ、その行為は当然であると認知され是認《ぜにん》されている。

……否、そもそもそうするしか道はないのだ。

『とはいえ、今は綺麗事を並べられてるオレらも、いつかは狂っちまう日が来るかもしれねえ。だから、今のうちに言葉を尽くしておきてえわけよ……一番は、コレを最期まで貫ける事なんだがな』

寂しげに目を伏せるルドルフ。

しかし、その気持ちは痛いくらいに分かってしまった。

――……辛いか。だったら、いっそもう狂ってしまえ。

それはある一人の家族の言葉。

万物全ての記憶、感情を読み取るという、あまりに規格外な〝血統技能〟を持っていた男の言葉。

そのせいで感情が壊れ、表情を変える事ができなくなってしまった彼の言葉だからこそ、言い知れぬ重みがあった。

痛みも、辛さも、感情も、何もかもを度外視して、ただひたすらに嗤いながら殺し続けるだけ。そうやって狂ってしまえばきっと楽になれる。歪んで、軋んで、絶えず悲鳴を上げる心の臓も落ち着いてくれる。そんな事は分かっていた。

分かっていたけれど、俺はまだ、そう成り果てる事はできなかったのだ……己の手で誰かの生を終わらせるという行為に対する疑問と嫌悪を払拭する事は、未だ叶わなかったのだ。

『――〝理想世界《エスペラント》〟』

不意に口にされたそれは、ルドルフの〝血統技能〟の名であった。

確か、無機物に命を吹き込む能力であったか。

『オレはオレ自身の〝血統技能〟を用いて、全てを遺すつもりだ。オレが見聞きしたもの、全て。れっきとした答えが遺ってさえすれば、同じ過ちは繰り返されないと信じているから』

元々、ロクでもない世界だった。

真っ当と言える人倫なんてものはどこにも存在しておらず、力が物を言う無法の世界。

それが俺達の世界であった。

そんなクソみたいな世界が更に取り返しのつかない程に歪んだキッカケは、紛れもなくあの〝異形〟を生み出した〝黒の行商〟にある。あれだけは、何があっても生み出してはならなかったのだ。

それこそが、この世界における致命的な罪咎《ざいきゅう》。

『そっ、か』

素直に凄いと思った。

ルドルフという一人の人間が掲げる信念に対し、「凄い」なんて陳腐な言葉しか抱けない己が、不甲斐《ふがい》なく思えてしまう程に。

『ルドルフなら、できると思うよ』

『おいおい、シヅキは一体誰に物を言ってんだ。このオレだぞ？　できるに決まってんだろうが』

くは、と息だけで笑いながらルドルフは、何を当たり前の事をと俺を責め立てる。

自信過剰。そう捉えられても仕方ない彼の発言であるが、それを裏付けるだけの不退転の覚悟を根幹に据えていると知っていたからこそ、俺はそれを否定する気にはなれなかった。

『理想世界《エスペラント》』。

己の命を削り、無機物に命を注ぐ〝血統技能〟。

己が望んだ通りの生命を生み出す様はまるで神の如し。そして、理想の世界を創り出せるその能力は——『理想世界《エスペラント》』と呼ばれていた。

ふと、ルドルフは空を仰ぎ、どこか悟ったような表情を浮かべてポツリと言葉を零す。

『……ま、ぁ、とどのつまり、オレは救いたいんだろうな。この、世界を……救われた世界を、見てみたいんだろうな』

正義の味方のような真似事。

それは自己欲求を満たす為だけの偽善かもしれない。

でも、その考えに至った過程なぞ、最早ルドルフからすればどうでも良かったのだ。

荒涼たる原野が広がる廃《すた》れた世界。

〝救い〟なんてものはどこにもなく、どこまでも傷つき、崩壊してしまった〝絶望〟に満ち溢れた世界。

だからこそ、彼は価値を見出した。

〝救い〟という行為に。

何故ならば、己が誰よりも救われたい人間であったから。

『だが、オレがこうして必死に懸命しながら何かを遺したところで、オレ自身が見る事は間違いなく叶わん。そもそも、オレが死んだずっと先を想定してんだから当然なんだけどな』

『ルドルフ……』

『だからよ、シヅキィ。馬鹿な事を言ってる自覚はある。その上で頼みがある。もし、未来に〝転生〟する事があったらよ、確かめてきてくんねえか』

『確かめる？』

『応よ。オレの行為は本当に価値があったのか、って事をだ。遺す意味は確かにあったのか。それを確かめてくれや』

『分かった』

俺は苦笑いを浮かべながら彼の申し出を受け入れる。

〝転生〟なんて馬鹿げた機会に恵まれるとは思えないが、こうも真摯《しんし》な瞳を向けられては、拒絶の言葉なんてとてもじゃないが発せない。

だから、そんな超常現象に巻き込まれてしまった時は彼の願いを果たそう。俺はそう、心に刻んだ。

『ところでさ。先生にはそれ、話してないの？』

ルドルフは先程、俺を除いた人間を「狂っている」と言い表していた。だが、俺の目には、先生がルドルフの言う「狂っている」に当てはまるとは思えなかった。

それに、俺の思考をどこまでも汲《く》んでくれた先生ならば、ルドルフの力になってくれるだろう。

しかし。

『せん、せい……あぁ、ヴィンツェンツか』

先生の名前を口にするルドルフは、どうしてか、ゆっくりと左右に一度小さくかぶりを振った。

それは、明確な諦念の表れであった。

『あいつ相手なら、尚の事話さねえよ』

『なんで？　だって先生は』

俺が続けようとした言葉を察してか、彼はそれにかぶせるように続ける。

『あのな、シヅキ。そもそもあいつの場合は「狂ってる」「狂ってない」以前の問題なんだよ。確かに話は聞いてくれるだろう。でも、「壊れてる」あいつの場合は、話をして、そこで終わりだ。間違いなくな』

『……』

ルドルフの言っている意味が上手く理解できなかった。だから、俺は真一文字に口を引き結んだまま眉根を寄せる。

するとルドルフは物分かりの悪い俺を察してくれる。

『ヴィンツェンツはな、己の知己やシヅキのような家族にしか関心がねえんだよ。だから、この先の未来に何があろうと知った事じゃねえってわけだ。悩みは聞いてくれるだろう。手助けも多少はしてくれるだろう。でも、根本的なオレの願いの成就には繋がらねえ』

少しだけ、彼の言葉が信じられなかった。

「壊れてる」と口にする彼の気と、ハナからあり得ない選択肢だと決め付けているその思考回路が。

『未来の〝救い〟なんざ、あいつにとっちゃどうでもいいのさ……いいや、それは言い過ぎか。だが、似たようなもんだ……ヴィンツェンツはな、今を生きる事で精一杯って断じちまってんだよ。だから、多少の手は貸してくれるかもしれねえけど、間違いなく理解者にはなってくれねえんだ』

『あの先生が？　精一杯？』

思わず言葉を疑った。

〝異形〟との戦いでも傷一つ負わないような人間が、今を生きる事で精一杯だなんて本当に思っているのだろうかと。

『シヅキにゃ理解できないかもしらねえが、ああ見えて一番余裕がない人間は、オレから言わせりゃ間違いなくヴィンツェンツだ』

誰よりも死に怯え、誰よりも死を望み、けれど死に真っ当な理由を求めてしまうヴィンツェンツの性格が、彼をこの世界にいつまでも縛り付けている。

俺の理解の埒外《らちがい》にある考え方であった。

『ルド、ルフ。なんで』

そう言えるのだ、と尋ねようとして。

『シヅキはヴィンツェンツの〝血統技能〟を知ってるか？』

予想外の問いが返ってくる。どうして、ここで〝血統技能〟の話題を割り込ませるのだろうか。

『いいから、答えろって』

『……いや、知らないけど』

『だろうな。つまりそれが答えだ』

全く意味が分からなかった。

『己の事を、シヅキにだけは知られたくないんだろうな。こうして散々匂わせる発言をしといて何だが、あいつが自分の口から〝血統技能〟について触れない限り、オレの口からは詳しく話せん』

——……だが、そもそもあいつの奥底にある整然とした悍ましさや、歪《いびつ》さを知っていれば、ある程度の予想はつくだろうけどな。

俺に聞こえるかどうかという声量で、ルドルフが独りごちる。

でもやはり、その言葉の意味が俺には理解できなかった。

『だが、あえて言うとすれば、ただのちっぽけで狭隘《きょうあい》なヴィンツェンツのワガママさ』

——せめてお前の前でくらいは、生きる理由を喪《うしな》った惨めな人間としての生を見せつけたくないんだろうよ。生きた先に待ち受けていた末路ってのは、あいつが誰よりも知っているだろうからな。

　聞こえてきたその言葉にどう返答をすればいいか分からなくて黙り込んでしまう。ただどうしてか、その言葉の一つひとつが身体の奥深くにどうしようもなく染み込んでくる。

『ク、はははっ』

　そんな最中。

　不意にルドルフが笑みを零した。

　心底楽し気に口角を上げており、興味深そうに俺の顔を見詰めている。

『もしかするとオレは、ヴィンツェンツや、シヅキ達の側にいたからこそ、こうして〝救いたい〟と思っちまったのかもしれないな』

　ヴィンツェンツ《先生》の側にいる人間は誰もが歪んでいる。

　誰もが、凄絶な過去を経験し、胸に抱いていた。

　いつも気丈に振る舞っている仲間達ですら、その例外ではないのだ。

……とある桃源郷《幻影》にて、門番をしていた幻術使い。

　絶望しかない世界から弱者を救う為だけに作り上げられた楽園があった。人はそれを――幻影郷と呼んだ。

　己の家族が〝異形〟に変わり果てる様を目にし、己の〝血統技能〟を用いて、偽りでしかない楽園を作り上げた世紀の幻術使い。苦しみも、悲しみも、辛さも全て俺の幻術で痴《し》れさせてやる。そんな馬鹿げた信念の下、夢のような、どこまでも夢でしかない楽園を作り上げた大馬鹿。

それがトラウム。

しかし、結局それはただの張りぼてでしかなかったと打ちのめされた彼は、ヴィンツェンツと旅をするようになった。

……家族を人質に取られ、助けたくば〝血統技能〟の源であった片腕を差し出せと言われ、そんなもので救えるのならばと逡巡なく差し出した壮年の男――ラティス。

快楽殺人者《無法者》に街ごと襲われ、家族はおろか周囲の人間全てを目の前で殺された挙句、「弱者は死に方すら選べない」と、愉悦の為だけに生かされた少女――ティアラ。

〝異形〟と呼ばれる人間の成れの果ての声を、〝血統技能〟の力を用いる事で唯一聞く事ができた男。どうにかして〝異形〟に成り果てた元人間を救おうと〝血統技能〟を酷使し続け、〝救う道〟を模索したが、終ぞその手段を見つける事は叶わず。その過程で感情を失い、聞こえてくる声――「殺してくれ」という願いだけが彼らの〝救い〟なのだと悟ってしまった痩躯の男――レゼネア。

加えて、

『〝世界救済〟の為にと贄に捧げられ、〝異形〟にされる寸前で助け出されたオレと、家族に守られ、最期まで生き抜く道を掴み取る事しかできなかったシヅキ。ほら見ろ、ロクな奴がいねえ』

己らの境遇を脳裏に浮かべ――嘲り嗤う。

酷薄に、残忍に……それでいながらどこか悲しそうに。ルドルフは普通とは程遠い笑みを浮かべていた。

『だから、だろう。オレは、〝救われた世界〟を見てみたいのさ』

それこそ。

『ヴィンツェンツとシヅキがよく言っている「剣を握らないで済む世界」ってやつをよ。だから――』

――いざという時は、手を貸してくれよ。なぁ、シヅキィ？

『心読』――コーエン・ソカッチオに案内された遺跡に辿り着いた俺は、壁画を眺めながら、そんな気が遠くなるような過去の記憶を懐古していた。いつかしたやり取りを、懐かしんでいた。

「価値はあった。あんたの行為は、間違いなく価値あるものだよ」

狂気と憎悪に染まった世界。

そんな場所で最期まで足掻き続けた尊《とうと》き人間の切実な訴え。その終点こそがこの壁画。

心の慟哭を如実に表す激情の声を、コーエンやリーシェンのような能力を持たない俺ですら幻聴してしまう。

「なぁ――ルドルフ」

気づけば、彼の名前が俺の口を衝いて出てきていた。

第八話　耳朶を叩く足音に

横目でエレーナの姿を視認しつつ、俺はある疑問をコーエンへぶつける事にした。

目的のものがなかったのなら、彼女はすぐにでもこの場を後にするべきだろう。

だが、今の様子からして、すぐにそうする事は不可能であろうと思われた。

「……なぁ、コーエン・ソカッチオ。帝国側はどうしてエレーナを呼び出したんだ」

コーエンがエレーナを守ろうとする理由は既に聞いた……だが、それを踏まえて尚、エレーナを狙う帝国側の意図が一向に見えてこなかった。

元王女という立場を利用するというのであれば納得できる部分もあったのだが、今までの会話からするとそうでない事は明らか。

そんな俺の問いに対して、コーエンは何を当たり前の事をと言わんばかりに、

「それは、あいつが被害者だからだ」

若干の呆れを孕んだ声で返す。

「……〝異形〟の、か」

「そうだ。なにせ、生まれてくる〝異形〟とやらの質は、素材となった人間に依存する。ただの人間であれば相応の平凡な怪物が。魔力が高ければそれなりの上位の怪物が。そして、素材が世界に

絶望をしている程、手に負えないような怪物が。特に」

コーエンはチラリと一瞬エレーナを視認してから、

「魔力に加え、絶望の度合いも格別なエレーナ《あいつ》だ。帝国が極上の素材として認識するのも無理はないだろう？」

そんな事をほざいた。

「…………絶望」

ただ、斬る、殺す、を繰り返し、屠《ほふ》る事だけ考えて続けていた俺にとって、コーエンが口にした情報はこれまで知り得ないものであった。

言われてもみれば納得できる。恐らく、嘘ではないのだろう。

「確かに、そういう事なら守るしかないか」

「そうしてくれ。エレーナ《あいつ》が〝異形〟になってみろ。間違いなくこの遺跡はパアだ。粉々に破壊される景色が目に浮かぶ」

ここは一応、ディストブルグ領である。荒らされるのはよろしくない。それに遺跡自体についても、俺自身それなりに思い入れが湧いてしまった。壊されてしまうのは俺にとっても不都合だ。

「だから、多少強引でも構わん。早いところソイツを――」

逃してくれ、と続けられたはずであろう言葉は、どうしてか紡がれる事なく、その代わりに不自然な静寂が差し込まれた。

カッ、カッ、と遠くの方で蹴り飛ばされた石の跳ねる音が鼓膜を揺らす。

次いで、風が吹き込む。

肌を撫で、悪寒を促すそれは、まるで北颪《きたおろし》。

迫るただならぬ気配に、気づけば微かに汗腺が開いていた。本能が訴える――備えておけ、と。

「剣を抜いておけ。ファイ・ヘンゼ・ディストブルグ」

コーエンから不意に声を掛けられ、思わず柄に手を伸ばしかけるも、俺はその手を止めた。

「……おい」

「悪いな。今はまだ、握る気はねえんだ」

苛立《いらだ》った声が聞こえてくるも、俺は対称的に平坦な声音で言葉を返す。

遺跡に足を踏み入れて以降、今の俺はただのエレーナの護衛という立場。

剣さえ握っていなければ欺《あざむ》きようがあり、相手の油断すらも誘えるはずなのだ。

……確実に逃すのであれば、当初の予定通り、俺が敵を食い止めれば良いだけの話だが、

「あんただって嫌だろ……遺跡がぶっ壊れるのは、さ」

肌で感じる気配。

コーエンの様子。

それらから判断するならば間違いなく、近づいてきている人物は尋常の人間ではない。

まともに戦えば、遺跡が壊れてしまう事は疑いようもなかった。

「……それは、そうだが」

「それにな」

俺は微かに苦笑いを含ませながら言葉を続ける。

「俺の剣はそんなに安いもんじゃねえよ」

——ひと振り決殺。我が心、我が身は常在戦場也。

ファイ・ヘンゼ・ディストブルグという人間は、この誓いに対してだけは決して嘘をつけない。

必要と感じた時だけ抜く。

本来、俺の剣は、そういうものだ。

そして今は必要がないと判断した。

つまり、そういう事なのだ。

「…………随分とデカい口を叩くヤツだ」

数瞬の驚愕の後、コーエンは複雑な表情を見せ、俺から視線を外した。これ以上何を言っても無駄だと悟ったのだろう。

何より、彼の瞳の奥には呆れと共に、興味のような感情が見て取れた。お手並み拝見といかせてもらう、まるでそう口にしているように。

「く、ははっ……あんたは嫌いか？　大口を叩く奴はさ。自分にはできないだなんだと言う卑屈な奴より、よっぽどマシと思うんだがな？」

ずっと、ずっと昔。気が遠く成る程に昔の己の口癖が「できない」であった事を自嘲しての発言。

今では誰一人知り得ない事が故に、己だけしか笑えるはずがないと皮肉だと知りながら、俺は弾けたように笑い声を上げる。

俺の役目はエレーナを逃す事。

この遺跡の外には、トラウムが拵《こしら》えたであろう幻術による結界が広がっている。

彼の幻術の癖をそれなりに知悉《ちしつ》している俺ならば、遺跡の外にさえ出てしまえば十二分に逃げ切れるだろう。

そんな事を考えていた矢先。

「だが、気をつけろ。決して油断をするな」

逼迫《ひっぱく》した声音で、コーエンが改めて注意を促す。

「〝英雄〟の強さに序列は存在し得ないが、もし仮におれが序列を付けるとすれば──」

しかしその先をさえぎるように、腹の底からひりだしたまるで怒号のような叫び声が届いた。

「よぉおォくやったアアッ‼　『心読』ウッ！！！」

ぴしり、ぱきり、と硝子《ガラス》がひび割れたような音が引っ切りなしに聞こえ始め、ガクンと周囲の温度が下がった。

「純粋な戦闘力のみで判断するならば、間違いなく『氷葬』は──最強だ」

「へぇ……？」

コーエンが言い終わるが早いか、俺はエレーナの側に駆け寄った。

その理由は、視線のずっと先──遺跡を照らす篝火の光が届かない闇の中に、薄《うっす》らと人影を視認したから。

それは、巨人と言い表すべき体躯の大男。本能が、油断ならない相手だと判断していた。

次の瞬間、にこりと不気味なくらいの笑みを顔に貼り付けた大男が闇から顔を覗かせる。それは、地獄に棲まう鬼もかくやという破顔であった。

「ここから逃げるぞエレーナ」

そこからの俺の行動は迅速を極めた。

未だ虚ろな瞳で呆けたままの彼女の首根っこを掴んで身体を抱え、従者であるウルとレームの反応を待たず、この場を後にしようと試みる。

人という生き物は、突発的な行為に対してはどうしても反応が鈍る。そういうものであるはずだというのに。

「……おぉ？　どうやら手癖《てくせ》の悪い鼠《ねずみ》がおるらしいのォ」

ずしん、と地響きが鳴る。

それは大男が手にする槍──その石突《いしづき》を大地へ思い切り叩き付けた事によって生まれた、激しい衝撃音。

発言。反応。それらから察するに、彼は俺の存在に間違いなく気づいている。拙速に賭けた結果、呆気なく露見してしまっていた。

……流石にこれ、は、拙いか。

立ち塞がる大男の側を強引に横切り、遺跡の外に続く道をこのまま進むべきではない。

そう判断する──のが普通だろうが、それでも尚、俺が遺跡を駆け抜けようとする足を止める事はなかった。

「そこの小娘は帝国所有のモノである。何も言わず置いて行け小童《こわっぱ》」

「知らねえよ。あんたが誰だろうがここは罷《まか》り通る」

ズシンと身体に圧し掛かる言葉を度外視し、俺は平坦に言い捨てて疾駆する。

抱え込んだエレーナは、距離が離れて行く従者二人の名をうわ言のように呼んでいたが、流石に三人も同時に面倒を見る事は不可能だ。あちらはあちらで何とかやってくれと願うしかない。

「其奴《そやつ》の従者か知らんが、こうして『心読』が誘《おび》き寄せてくれた絶好の機会を逃すわけにはいかんのでなあ……」

鼓膜を苛《さいな》む——何かがひび割れていくような音。先程は薄らとだけ聞こえていたソレは、今度は確かな音として耳朶を擦過《さっか》した。

しかし。

俺は事前情報として、この男の二つ名を知っていた。

『氷葬』。その響きからして、何を以て〝英雄〟と呼ばれるに至ったのかは容易に想像がつく。

「その脚、斬り落とさせてもらうが構わんよな？」

ぱき、り。

そんな音と共に、足下いっぱいに急速に広がる——氷。

『氷葬』の考えは簡単だ。

氷で足を奪った上で己が手にする槍を薙《な》ぎ、斬り落とす。そんなところか。

「ふ、はッ」

逼迫した状況。暗闇に支配された視界。満足に『氷葬』の面貌を目にする事は叶わなかったが、それでも俺よりずっと歳を食っている事は判然としていた。加えて武に関しても、泰然《たいぜん》とした佇《たたず》まいなどから素人でない事は確か。

だから俺は嘲る。

胸中にて、盛大に彼を侮辱する。

——甘ぇよあんた。

背を向けて逃げる事の危険性なんざ、言われるまでもなく理解している。そうなってしまえば、ただのカモでしかないという事も。

だからそうならないように努める。それが逃げる際の鉄則だ。

ならば具体的にどう実行するか。例えば、

「そ、ぉらッ!!! 余所見《よそみ》してんじゃ、ねえよッ!?」

——エレーナを抱えたまま、俺は虚空《こくう》に身を躍《おど》らせた。

それは予期すら許さない唐突過ぎる加速——肉薄。剃刀《かみそり》のような鋭い脚撃を、刹那の時間で間合いをゼロにし、大男の頭部へと迫らせる。

手加減なし。

まごう事なくそれは全身全霊を以ての一撃。

虚《きょ》をついて放たれた脚撃は、『氷葬』の瞳を微かに震わせる。

「ほ、ぉ……!?」

『氷葬』はそんな俺の不意打ちに対し、反射的に槍の太刀打《たちうち》を前面に出して防御の体勢を取る。

放たれた脚撃が一瞬で持ち替えられた槍と衝突。

されど、拮抗したのは刹那の時間。

拮抗状態が崩れ、力任せに押し飛ばされたのは、

「見たところ、力自慢みたいだが」

——生憎と場所が悪かったな。

そう俺が口にすると同時に、巨人と形容すべき『氷葬』の大きな体躯が後方へと吹き飛んでいた。

この遺跡は外観からは考えられない程広い造りとなっており、この場では等間隔で設えられていた篝火だけが唯一の光源。広さに比例していない僅かな数の光源故に、視界の大半は闇色に侵食されている。

明瞭でない視界の中、突然繰り出された一撃。

普段の条件下ならばいざ知らず、ことこの場に至ってそれは致命的なものであった。

「……少し手荒ではあったが、流石にこれくらいは許せよ」

『氷葬』が思い切り吹き飛んだ事で生まれた、重々しい衝突音。加えて、ガラガラと何かが崩れる壊音。

一連のやり取りのせいで遺跡に傷を付けてしまった事に対する謝罪を口にしながら、俺がそそくさとその場を後にしようとした時。

「——〝雹葬《ひょうそう》飛雨《ひう》〟」

酷く落ち着いた冷淡な声が聞こえた。

「大人しく寝てろよクソが……ッ」

「ふ、ははっ。ふははははは！！！　何と重い一撃か！　よもやそのような小柄な体躯の人間に力負けをする日が来るとは!!　……とはいえ、その小娘を連れて行かれるわけにはいかんのでなァ」

次にやってきたのは歓喜の言葉。

加えて、彼が一節のフレーズを口にした時より漂い始めた氷霧。ぱきり、ぱきりと音を立てて彼方《あ》此方《ちこち》から生まれる細長の鋭利な氷柱。

降り頻る雹《ひょう》でも模したのか、気づけば無数のソレが視界いっぱいに広がっていた。

外に繋がる唯一の出入り口は、ご丁寧に氷によって蓋をされている。その事実を確認するや否や、自然と引《ひ》き攣《つ》ってしまった頬を隠さんと、俺は無理矢理に口角を曲げた。

第九話　抜かせてみろよ

——拙《まず》い。

紛れもない本心に背を向けようと試みるが、網膜《もうまく》にへばりついて離れない光景が、一向に「逃避」を許してはくれない。

「……せめて」

コイツを抱えてさえいなければ。

エレーナに視線を落とし、おもわず弱音を零しそうになるも、既《すんで》のところで口を引き結ぶ。

先程のやり取りで、大男の凡《おおよ》その力量は明確となっている。

あの反射速度。幾ら防がれたとはいえ、思い切り背を打ち付けただろうに痛がる素振りすら見せていない。生半可《なまはんか》な攻撃では決定打になり得ないのだと、否が応でも理解させられてしまう。

……だがそもそも、俺は遺跡の中で〝影剣《スパーダ》〟を握り、敵と相対する気はこれっぽっちもなかった。現に、剣は握らないと明言すらしている。

とはいえ、仮に今握っていたとしても満足には戦えていなかった事だろう。

護りながら戦うなぞ以ての外であり、専門外。

己の身体を顧《かえり》みず、肉を斬らせて骨を断つ。それが本来の俺の戦闘スタイルであるからこそ、何かを護りながら戦うのであれば大幅な戦力ダウンは必至。

そんな折。

「シヅキ君、だったっすよね」

声が聞こえた。

それは、聞き慣れない特徴的な口調。そんな言葉遣いに対する心当たりは——一つ。

「助力させてもらうっすよ」

エレーナがレームと呼んでいた男性が、気づけば俺のすぐ側にまで歩み寄ってきていた。

つい最近知り合ったばかりのエレーナの護衛。

彼にとって俺はそんな認識だったからだろう、つい先程まで猜疑《さいぎ》に満ちた視線を向けられ続けていたというのに、今はその角が取れていた。

「こうして姫さまを護ってもらってるってのに敵意を向けちゃ、そりゃアホってもんでしょうよ？」

顔にでも出てしまったのか、言葉にしていない疑問に対し、彼は若干引いたような顔で言う。

そこまで己は馬鹿でないと言うように。

「……それで、自分はどうすりゃいいっすかね。この場限りではありますけども、自分は君の指示に従うっすよ」

どうして従う、なんて言葉が出てきたのか謎ではあったが、その理由は程なくして言葉へと変えられる。

「今のやり取りで、君の方が自分より上って事は分かっちゃってますんで。変に邪魔してしまうくらいなら、初めから従った方がいいでしょうよ？」

「……助かる」

素直に、この申し出は有り難かった。

とはいえ。

「レームさん、でよかったか。あんたらであのデカブツを何秒食い止められる」

「……はは、自分があのグリムノーツ・アイザックを相手に、っすか」

「あいつを知ってるのか？」

「知ってるも何も、知らねえ人間探す方が手間ってくらい有名な〝英雄〟っすよ」

「成る程。それで、最強、か」

コーエンが口にしていた、『最強』という二文字が思い起こされる。先程蹴りを一発叩き込んで、それが決して名ばかりのはりぼてでない事は百も承知。

「自分が生み出せる時間は、精々《せいぜい》四秒くらいっすかねえ」

最強、とまで評価するつもりはなかったが、それでも間違いなく強い。その評価は妥当なものに思えた。

時間と共にじりじりと威圧感が強くなる。

「四秒、か」

ここから出入り口まで駆け走り、立ち塞がる氷の壁を壊し、エレーナを抱えたまま『氷葬』から逃げ切る。果たしてそれを四秒で行う事はできるだろうか……間違いなく不可能だ。

ならば。

「そういう事なら、コイツはあんたに任せる」

俺自身でエレーナを逃す時間を生み出すしかなかった。

可能ならば己の足で逃げてもらいたいところなのだが、精神的なダメージというものは容易に回復するものではない。一縷の希望として縋っていたものが、実はまやかしでしかないと知ってしまったのなら尚の事。

抱えていたエレーナを強引にレームへ押し付け、俺は小さく息を吐く。

「……どうする気っすか」

「どうするもこうするも、足手纏《あしでまと》いがいたんじゃ話にならねえよ……ひとまずは、そいつを逃す為の時間を作り出す」

だから隙を見て逃げ出してくれと、言葉を添える。

『氷葬』と戦うにせよ、それは遺跡の外に出てから。その際にエレーナという重荷を抱え込んだままで、果たして勝てるだろうか。

……確率はゼロではないが、どう転ぼうがエレーナは間違いなく死ぬ。そんな結論に至り、厄介だなと内心で臍《ほぞ》を噛んだ。

彼女を逃す事はコーエンとの約束のうち。

それを守らなければ、〝異形〟を生み出した元凶に辿り着けなくなるかもしれない。

かといって相手に奪われれば、待ち受けているのは厄介な〝異形〟が生まれるという忌々しい未来。

結局どう転がってもエレーナを守らなければならないのだと悟りながらも、俺は未だ〝影剣《スパーダ》〟を手に取ろうとはしない。その理由は、他でもない俺自身が一番分かっていた。

「……相変わらず冷たいヤツだよな。俺はさ」

くはは、と堪え切れず口の端を吊り上げる。

俺は秤《はかり》にかけたのだ。

遺跡を壊したくないという想いと、遺跡を壊してでもエレーナを確実に守ってみせるという想いを天秤に。

そして俺は前者を選び取った。

幾ら戦い難いとはいえ、〝影剣《スパーダ》〟を手にして戦うならば間違いなく、周囲の人間の生存率は上がる事だろう。何故なら、そうすれば『氷葬』が俺にかかりきりとなってしまうから。

「……ふ、はは、ほら、やっぱ思った通りだろうが。俺は何一つ変わらねえって」

何も変わらない。

何も、変えられない。

こうした場面に出くわすたび、己という存在について理解させられる。そして、昔から己が何一つとして変わろうとしていないのだと思い知らされる。

優しいだなんだと、フェリをはじめとした人達に言われてきた俺だが、関わりを持った人間に対し、ここで斬り捨てられればどれだけ楽だったか、などと考えてしまっている……本当にこんな俺の、どこが優しいのだか。

やはり俺は俺なのだと理解をして、安堵に浸る。

「なぁ、聞いてくれよルドルフ。気づいてなかっただけで、実は俺達もとうの昔から狂ってたのかもしんねえぞ」

生まれる世界を間違えた。

お前は……狂っていない。

そんな事を言われていた俺ですら、こんなクソッタレた思考回路をさも当然のように抱いている。

そしてそれが間違いではないかと疑おうとすらしない。

「どうした。どうした。急に饒舌《じょうぜつ》に語り出しおって、頭でもイかれたか？　小童」

「悪いな。こちとら年がら年中情緒不安定を抱え込んでるもんでね」

口を開けばさも当然のように自嘲を始めるのが、その表れ。いつの間にか癖付いてしまっていたソレを除いて、言葉を発せば後悔やら悔恨やらそんな感情しか出てこないと自覚して、常に律している俺だ。

「とはいえ、あんたが俺の話を聞いてくれるってんなら、小一時間語ってやってもいいんだがな」

「ふ、ははははっ、はははははは！！！　おんしの瞳にゃ、儂《わし》が四の五と無駄口を叩く事を楽しむ趣味があるとでも映ったか？　えぇ？」

「そうだと言えば、あんたは俺の話を聞いてくれるか？」

「そうしてみれば良かろう。だがそれで儂が何をしたとて、卑怯者という誹《そし》りは受け付けんがの」

「……そうかよ」

語りたいなら好きなだけ語ればいい。だが、それに構わず儂は凶刃を振るうぞ、と悪びれる事もなく宣う『氷葬』には、いっそ清々《すがすが》しさすら覚えた。

「……おんし、武器は抜かんのか？」

即座に対応できるよう重心を僅かに落として構える俺に向けて、『氷葬』が問う。

腰に下げられた〝影剣《スパーダ》〟は未だ鞘に収められたまま。

「いらねえよ。今はまだ——抜く気はない」

「ほぉ？　ほぉほォ!?　このグリムノーツを前にしてかような大口を叩くか!?」

「とはいえ、危なくなりゃ流石に抜くだろうよ。こっちにも死ねない理由ってもんが出来たんでね……つーわけだ。剣を抜いてない事が気に入らねえってんなら、抜かせてみろよ。デカブツ」

転瞬、グリムノーツの目の色が一変した。

「であるならば、そうさせてもらおうか」

背筋を震わせる程の敵意が乗った言葉が耳を打つ。

距離はそれなりに空いていたにもかかわらず、あたかも耳元で囁《ささや》かれでもしたかのように、どうしてかその言葉が鼓膜にこびりついて離れない。

そして、はっ、と我に変える。

その時既に、弾丸の撃ち出されるが如く、巨体が虚空に身を躍らせていた。

——速、えぇ。

思わずありのままの感想を胸に抱くも、それを言葉に変える余裕なぞありはしない。

風を巻き込み、グンッ、と勢いよく突き出された槍の矛先を、反射的に身体を仰《の》け反《ぞ》らせる事で回避。

そしてそのまま、ぎりり、とバネのように身体を捻って下方から回し蹴りを叩き込む。

「あれ、を、避けおるか……ッ!!」

鼓膜を揺らす重々しい衝突音。

再度合わさる脚撃と太刀打。

ミシリと軋む音が上がる。

「しかし、愚《おろ》か」

それは、俺の足から聞こえてきたものであった。

機動力の源である足を損傷させる、その考えなしの行動を嘲弄する『氷葬』であったが、

「──聞こえねえなあ」

「ッ、ぬ、おおおぉ……!?」

やってくる鈍痛に構う事なく、俺は最後まで足を振り抜いた。

ビキリ、とひび割れる音が聞こえてきていたが、俺の場合、多少の損傷であれば気にする必要はないのだ。

めきり、みしり。

足下から顔を覗かせた闇色の影のようなナニカが、俺の足へと数秒纏わり付き、不快音を残してなりを潜める。己の怪我を強引に治す〝影剣《スパーダ》〟特有の治癒方法。相応の痛みこそ伴うものの、効果は絶大。

「……ほぉ。成る程。随分と変わった魔法を使いおるわ」

ずざざ、と力任せに押し返されながらも仁王立ちをする『氷葬』が、そう評した。

「治るのであれば憚《はばか》る必要もない、という事であるか」

道理で、と言わんばかりに『氷葬』は得心した顔を見せている。

「ふむ。その思考回路、中々に爽快」

己が味わう痛みをまるで加味しない戦い方に対し、彼は、にぃ、と口角を歪めて喜悦《きえつ》に瞳を細

める。

「決めたぞ小童」

肉体を用いた戦闘技術において、俺とグリムノーツは伍《ご》していると言って間違いない。

現状においては然程実力に差があるとは思えないが、俺が剣を握ればどうなるか。

だから、なのだろう。

「その剣、儂が抜かせてやろう」

これまで沈黙を貫いていた無数の氷柱が、ぱきりと音を立てた。

「折角こうして相対し、戦おうというのだ。出し惜しみなぞ、無粋《ぶすい》が過ぎるとは思わんか。なあ、小童」

第十話　戦闘狂

『氷葬』が歩いた後には、氷霧が立ち込める。

膨大な魔力量に物を言わせて戦う事を好む〝英雄〟グリムノーツ・アイザックには、そんな逸話が実《まこと》しやかに囁かれていた。歩いただけで己の中に収まりきらない魔力が漏れ出てしまう。彼はそれ程までに魔力量に恵まれた人間なのだと。

〝霍葬飛雨〟と少し前、口にされるや否や姿を見せた鋭利な凶刃が如き氷柱は、既に眼前いっぱいに広がっていたというのに、その数が更に増加していく。

魔力を扱えない俺ですら、グリムノーツが魔力量に特化している人間なのだろうと分かってしまう。

際限なく増えていく凶刃。

その全てが俺に切《き》っ尖《さき》を向けている。

「……さす、がは『氷葬』ってところっす、ねえ……」

これは流石に逃げきれないかもしれない、とでも思ったのか。エレーナを抱え、背を向けて走っているだろうレームの口からか、焦燥感に塗れた声が背後から聞こえてきた。

しかし。だが、しかしだ。

「――く、はは……どうにも俺は、珍しく運が良かったらしい」

俺は不敵に笑いながらそう宣う。

ひゅう、と髪を撫でる冷気の風に目を細めながら、俺は微塵も動じる事なく平然と場違いな表情を浮かべ続ける。

圧倒的な物量に物を言わせ、何もかもを押し潰す。眼前一帯を間隙《かんげき》なく氷刃一色が支配するその光景は、まるで幻想風景。

しかしながら、俺はそれに対してどこか既視感を覚えていた。

何故ならば。

——まるで、〝影剣《スパーダ》〟だ。

己の支配下に置いた無数の凶刃をそこかしこに用意して戦う戦闘スタイルは、正しく俺そのものであったから。

その戦い方をするようになって幾星霜《いくせいそう》経ただろうか。そんな感想がまず初めに出てくる程度に、俺という人物に染み込んだ戦い方であったから。

だから、運が良いと言う。

だから、俺は笑う。

「ふ、はは。ふははッ、ふはははははは！！！　この期《ご》に及んでまだ笑うか!?　おんしはまだ笑えるか!?　面白い。実に面白いわ小童！！！　だがその強がりもいつまで続きおるかのォ……？」

グリムノーツが哄笑するたび、ビリビリと威圧に似た波動が襲い来る。

「〝英雄〟だなんだと散々囃《はや》し立てられた儂を相手に、この状況下。にもかかわらずそうして笑う狂行を敢行し、あまつさえ剣も抜かず、魔法を扱う予兆すらもあらず。常人であれば到底できる事ではないわ。なれど瞳の奥に湛える闘志は死んでおらん。なんなんだおんしは。全く、全く以て意味が分からん！！！」

末端の兵士ならば憤慨するだろう行為を、グリムノーツはふはは、と盛大に破顔して問い質す。

「故に!!　だからこそ!!　儂は称えてやろう、おんしを!!　儂だけは称賛しよう。この蛮勇を！」

ビキリと軋む。

力任せに強く握り締められた槍が悲鳴を上げていた。

「おんしが儂に立ち向かう理由は分かる。そこの小娘を逃す為であろう？　であるからこそ此度に限り、酔狂とは言わん。おんしのその行為は紛れもなく儂の目を惹いたのだから」

その声音は、先程まで大声を上げて笑っていた男とは思えない程に冷静であった。

「その蛮勇に免じ、おんしを殺すまでそこの小娘を追いかける事はせん。いやはや、小娘を捕らえるだけと聞いておったが、万事塞翁《さいおう》が馬《うま》とはよく言ったものよな。これほど不可解で面白い出来事にあいまみえるとは」

「……面白い、ねえ」

俺の行動は笑いを誘う為ではなく、無手により思い掛けない攻めの機会を得る為であり、己の矜持を貫く為のもの。

勿論、それを相手がどう捉えようとも、俺がどうこうする気は更々ありはしなかった。しかし少なくとも、この数回のやり取りで、グリムノーツという男の本質が垣間見えた気がした。

コーエンは『氷葬』グリムノーツの事を、歴史的価値に理解を示さないボンクラ、と称していたが、確かに成る程。

相対すると否応なしに理解させられる。このグリムノーツという男は紛れもなく、戦うという行為にのみ価値を見出している。刹那の死線に身を委ね、死力を尽くす事のみに生き甲斐を感じる。

俺の勘が正しければ、彼はそんな類《たぐい》の人間。かつて孤島で戦ったあの吸血鬼、ヴェルナーのように。

「儂にとって重要な事は面白いか、否か。それだけよ。なにせその為だけに儂は帝国に属しておるのだから」

「……へぇ」

「とはいえ、おんしには分からんか。初めて剣を執り戦った時より、今この瞬間まで敵という敵に出会えず、半ば倦《う》み疲れてしまった儂の気持ちなぞ」

倦み疲れたって言うんなら、部屋で人畜無害に寝ておけ。俺のように。

心の中ではそう思うも、今は時間を稼ぐ時。

折角だからと、語りたそうにしているグリムノーツの言葉を待つ事にした。

「ただ、強い者と死力を尽くして戦いたい。そんな願いすら、未だ一度として叶えられた例《ためし》がないのだから」

「傍迷惑《はためいわく》な奴だな」

「ふははははっ！　傍迷惑!!　結構結構結構。なんとでも呼ぶが良いわ。この渇望が満たせるのならば、儂は何だろうとやってみせよう。それこそ、そこの小娘を化け物へと変える事ですら、な」

「……そうかよ。なら確かに、あんたの気持ちは俺には分からん。間違いなく一生涯な」

そもそも、望んで剣を執る事自体が俺の理解の埒外である。己の欲求を満たす為だけが理由で、死力を尽くし合う相手が欲しい？　……そんな馬鹿の気持ちなぞ分かるものか。分かってたまるか。

狂気染みたそんな渇望に対する理解が俺に生ずる余地なぞ、どこにもあるはずがない。

「成る程。お陰であんたの根底に据えられた想いってやつは分かった……だが、俺には〝異形《あんなもの》〟があんたの渇望を癒してくれるとは思えないがな。なんだ？　あんたは強い〝異形〟とでも戦いたいのか？」

「無論、強き者と戦いたいが為。であるが、知性を失った化け物は求めておらん。おんしは知らんのか？　ここディストブルグにも一人、〝英雄〟がいるという事を」

「知らねえよ」

にべもなく即座に否定する。

反射的に。そんな言葉が合致してしまう程に、刹那の逡巡《しゅんじゅん》すらしなかった。

「最近特に話題になっとる事すら知らんのか、おんしは。まぁよいわ……ディストブルグには一人、腕利きの〝英雄〟がおるらしい。名をファイ・ヘンゼ・ディストブルグ。聞く限り、あまり表舞台に姿を現そうとしない者のようだがな」

「…………」

俺はグリムノーツの言葉を黙って聞く。

漠然とした情報であったが、そこに間違いはない。俺という人間は他者から何かしらの強要でもされない限り、まともに外へ出る事すらしないだろうから。

ましてや、今目の前にいる大男のような戦闘狂に相まみえたいなどと熱烈なラブコールをされた暁《あかつき》には……家出をするかもしれない。俺という人間はそんなヤツである。

「これはな、そやつを誘き寄せる為の餌《えさ》よ。本国の連中はディストブルグを混乱させるなどと言っておったが、儂からすればこれは餌でしかないのだ」

「……へぇ。つまり、あんたはその〝英雄〟さんが出てこざるを得ない状況を作り出したいって事か」

応とも。その通りよ。

グリムノーツは俺の言葉に対し、顔に深い笑みを貼り付けた。

……つまりこれは、俺のせいでもあるのか。

直接俺が関与したという事実はないにせよ、少なくともグリムノーツが『真宵の森』にいる理由、目的は俺である……嗚呼《ああ》、本当に——嫌になる。

とはいえ、こういう事もあるかもしれないと、何故ならば己の意思にかかわらず死を撒き散らすモノであるからと、納得した上で剣を執ったではないか。

今更後悔をしたところで、全てが手遅れだ。

そうやって割り切る事で、俺は頭の中に渦巻いた邪念を振り払う。

そんな中。全ての事情を知った上で静観に徹していたコーエンが、視界の端に映り込む。彼はというと、素知らぬ顔で口を真一文字に引き結んでいた……俺にも、グリムノーツにも何も話す気はないらしい。

「……訂正だ。やっぱり俺は、どこまでもついてねえ」

やはり俺は、どこまでも運のない人間だ。

数分前とは真逆の事を、鬱々とした面持ちで俺は言う。

「それに、流石にこれは責任感じるな……」

エレーナが帝国に狙われるという未来は揺るぎなかっただろう。俺の存在がなかったとしても、グリムノーツはやってきていたかもしれない。

しかし、現実には俺を目当てにやってきたと宣っている。それが、全てだ。

「どうした？　漸く己の愚かさを理解しおったか？　尻込みをするならば今のうちであるが？」

「ほざけ。あんた如きでなんで俺が尻込みしねえといけないんだ。時間を稼ぐ役割を請け負ったが、間違ってもそれは勝てないと踏んだからじゃない」

俺が尻込みをする相手なんざ、昔と今を合わせてもただ一人だけ。そこにグリムノーツ《あんた》が当てはまると思ってんのなら、それはあまりに傲慢に過ぎる。

「懲《こ》りずに次から次へと大口を叩く小童よ」

「はッ、俺はとんでもなく我儘《わがまま》な人間でね。なぁ、我を通して何が悪いよ？　好き勝手言って、何が悪いよ？　口を噤《つぐ》む理由はどこにもないだろう？」

愉悦ここに極まれり。

喜悦に瞳を細め、くははと身を震わせ笑い声を上げる。俺が俺である為に。俺が俺である限り。

「……確かに、あんたは強いんだろうよ。さっきの様子見で十分それは分かった。今こうして相対してるだけで嫌になるくらい分かってしまう」

負けた事がない。戦う相手がいない。己の渇望を満たせる者がいない。

グリムノーツの訴えはまさに絶叫であった。

心が張り上げる悲鳴であった。

「だが、それがどうしたよ」

……馬鹿正直にもっと相手の話に付き合っておけよ。そう呆れる己に背を向けて、俺は声を張り上げる。グリムノーツ《つまらない人間》に対して、つまらないと指摘しなければ気が済まなかったのだ。

「蛮勇。大口。狂行。結構結構。俺の事を何と呼ぼうがあんたの勝手だとも。だがな？　俺を殺してもないヤツが当たり前のようにそう宣っているという事実が気に障《さわ》る」

グリムノーツの言い分は分かる。だから頭ごなしに批判する気はなかったのだが、いかんせん俺という人間は好戦的な人種であるらしい。

もしくは、嘘でも己を曲げる事ができない不器用過ぎる人間、とでも言うべきなのか。

彼の発言は……あまりに傲慢《ごうまん》に過ぎる。未だ何も成していないにもかかわらず、その傲慢ぶりは頂けない。

「どうしてか？　理由なんざ決まってる。その言葉は俺を殺してからじゃねえと取り合ってはあげられないからだよ。分かるか？　――〝英雄〟」

挑発が込められたその言葉を言い終わるより早く、ぴしり、と音を立てて何かが飛来する。

それは細長の鋭利な――氷柱《雹葬》。

押し寄せたソレらを、しかし俺は一顧だにせず、身体を捻る事で躱す。

「あんたは知ってるか？　戦いってのは己の武器が多けりゃ勝てる程、単純な話じゃねえんだ」

俺の能力は、影から剣を生み出す〝影剣《スパーダ》〟である。

影が存在し、己の気力が底を尽きない限り剣を無数に生み出し、操る事ができる。それこそ、千どころか万ですら、やろうと思えばできるだろう。

しかし、そんな俺ですら勝てない人間は存在した。

事実として勝てなかった人間を何人も知っている。強みである数が全く意味をなさなかった場面にも、何度となく遭遇している。

「理由？　簡単な話だろ？　剣であっても、氷であっても、生み出したソレを操るのが己自身であるからだ」

敵に塩を送る行為であるという自覚はある。が、それを言う事でほんの少しでも、エレーナ達が逃げられる可能性が上がるのであれば、今はそれで良かった。

「…………」

「何言ってるか分からないって顔をするんじゃねえよ。心配せずとも、すぐに分かる」

これぱかりは実際に、その問題に直面させられるまで、理解のしようがないのだ。

ずっと昔。まさに俺がそうであったように。

——行く。

声にこそしなかったものの、唇を動かしてその意図を伝えてから、俺は臨戦態勢のまま間合いを詰める。

弾丸が如き速度にもかかわらず、それは無拍子かつ無音にして、相手が知覚する速さすらも僅かに上回る、修練の果てに辿り着いた肉薄《技術》であった。

人はこれを縮地《しゅくち》と呼んでいたが、そうであると認識する暇なぞどこにもありはしない。

……そもそも、そんな暇を与えすらしない。

「——ぬ、ぅッ、⁉」

グリムノーツが驚愕に目を見開くと同時、今か今かと機会を窺っていた氷柱《雹葬》が俺に牙を剥く。

「俺の〝影剣《スパーダ》〟にせよ、あんたのコレにせよ。操ってるヤツが人間の域を超えていない限り、取るに足らない連中を掃除するか、僅かながら注意を向けさせる程度の役割しか果たしてくれねえよ」

「ほ、ォ、言うではないか……！」

「言うではないか、じゃない。事実そうなんだから仕方がねえだろ」

肉薄を終え、グリムノーツとの距離はあと数歩といったところ。四方八方より、凶刃と化した氷柱《雹葬》が俺に狙いを定めている。

さすがにこれは拙いか。俺はそう判断をして、若干の身体強化を行う事で対処を試みる。

「〝影剣《スパーダ》〟」

転瞬、唯一の光源である篝火によって生まれた俺の影がぶわりと黒く燃え上がる。次いでソレはとぐろを巻くように俺の全身へと絡みつき——

びき、り。

身体のどこかから軋む音が上がる。

致命的な音が、俺の中で響き渡った。

「——そら、コワレロ」

掌底を突き出す。

単純な攻撃故に、一切の無駄を削《そ》いでいる。

狙いは腹部。だがしかし、臓器の一つくらい壊れてくれという願望の込められた一撃は、グリムノーツの咄嗟の機転により阻まれる。

己の得物《槍》を盾代わりに扱い、事なきを得たのも刹那。

嵐の如き追撃はまだ、始まってすらいない。

「ふ、はは!! やはり、一撃が重いわ!! まともに受ければ致命傷になっておったかもしれん」

余裕綽綽《しゃくしゃく》と口を開くグリムノーツをよそに、俺はゼロコンマ一秒にも満たない時間で彼の背後へと回り込む。

「喋り過ぎなんだよ、あんた」

今度は、脚撃。

脚に纏わり付く影の残滓《ざんし》が黒い半弧を描きながら——炸裂。しかし、やってきたのは手応えではなく、硬質な感触。

「脚に、氷を……成る程」

砕き折るつもりで放った脚撃が、今まさに防がれている。グリムノーツは氷を脚に纏わせる形で鉄鎧のようなモノを咄嗟に生み出し、対応したのだ。

……ここまでくれば本当に、俺の能力に似ていると断じざるを得ない。

とは、いえ。

「だ、が」

「ぐ、ぬッ⁉」

力強く閉じられたグリムノーツの口の隙間から、呻《うめ》き声《ごえ》に似た音が漏れた。

足を通じて全身へと伝わり、理解してしまったのだろう。放たれた一撃の尋常ならざる重みに。

このまま力任せに押し潰す。更なる力を込める俺であったが、

「ふ、ハ！　確かに、重い‼　が、この程度‼　ぬる、いわ！！！　ッ、ぬ、ああああぁあああああ
あぁぁぁッ！！！」

押し込まれていたにもかかわらず、己を奮起させんとする雄叫びと共に、今度は俺の脚が押し返
され始める。

そして、俺に狙いを定めていた氷柱《雹葬》が飛来。

しかし、それは俺の頬を掠めただけに終わる。

一歩として動いてないにもかかわらず、その攻撃は標的に当たる事なく外れたのだ。

「な、ぜッ⁉　い、や、今はそれを言っておる場合ではッ！！！」

動揺を見せたのも一瞬。即座に立ち直ったグリムノーツは、俺との距離があまりに近すぎる故に、
己の得物である槍を諦めて左手で握り拳を作る。

そしてゴォッ、と風切り音を立てながら俺目掛けて――振り抜いた。

しかし。

「つかま、えた……‼」

目にも留まらぬ速さで繰り出された拳撃を、俺は右手でガシリと掴み取る。そして、その拳を砕き割らんと掴んだ手に力を込め始める。

と。ガラン、と何かが落下する音が耳朶を叩く。

それは、すぐ側から。それは、槍を手放した音であった。

「——腕ならば二本ある。ほれ、これは儂の奢《おご》りよ……ッ！！！」

威勢よく突き出されるは、もう一方の拳。

拳を掴んだままの状態では、間違いなくその一撃からは逃げられない。そして迫り来る拳に対する答えに悩む暇と余裕はどこにもなかった。

だからこそ、俺は、俺なりの最適解を導き出す。

「生憎、一方的に奢られる趣味はない、んで、なッ！！！」

出した答えは、

「——吹き飛べッ！！！」

「——吹っ飛んでゆけぃッ！！！」

繰り出された拳と交錯するように、俺も負けじと左拳を振り抜いた。

痛々しい壊音が響く。お互いが吹っ飛んでなるものかと足を強く踏ん張ったせいで、ぴしり、と地面に無数の亀裂が奔る。

しかし、それも数瞬。

押し寄せた力に最後まで抗《あらが》えず、お互いの身体が弾けるように後方へと音を立てて吹き飛んだ。

激しく壁に叩き付けられた事で、痛みに顔が歪む。

舞い上がる小さな砂礫《されき》は煙幕のように視界を蝕み、全身に走る痛みに目を細めたせいで視界は限りなく狭い。


そんな中で目に映る大きな人影。

仁王立ちをしたまま吹き飛んでいたグリムノーツが身体を震わせて大笑いし、声を轟かせていた。

……こちとら割と本気で殺《や》りにいってたってのに、どんだけ頑丈なんだよ、あのオッサン。

「ふ、は!!　ふはは!　ふはははははははは!!!　これは!　これはこれは!!　思わぬ拾い物をしたわ!!!!」

ダメージは確実に蓄積されているだろうが、いかんせん効いているような素振りが全く見受けられない。

ただ、ただ、ふはははと心底楽しそうに笑うだけ。相変わらずその頭のネジが数本吹き飛んだ思考回路だけは得体が知れねえ……だから俺は戦闘狂《あんたら》が苦手なんだよ。

そんな呆れ混じりの言葉を、人知れず心の中で俺は零す。

やつの興味を惹きつけようとはしていたが、どうやら惹きつけ過ぎたらしい。

子供のようにきらきらと眩《まぶ》しい気味の悪い笑みを浮かべる大男を前に俺は、とっとと逃げ果《おお》せてくれと心の底からエレーナ達に願うくらいしかできなかった。

第十一話　鍍金《めっき》

「…………くそ痛《い》ってぇ」

じんじんと引く気配のない痛み。殴られた頬を右の手で摩《さす》りながら、グリムノーツを睥睨《へいげい》。

あいつもあいつで、俺が殴った箇所がほんのりと赤く変色しているのが遠目からでも分かるというのに、

「さァ!!　さァさァさァさァ！！！　ふ、ははっ！　はははははははは！！！　次はどうする小童!?　儂を愉《たの》しませろ!!　儂に高揚というものを教えてくれ!!　ふは、ふはははははッ！！！」

俺とは異なり、全く意に介した様子は見受けられない。正しく柳に風。

あの様子では、肢体を斬り落としたとしても痛がる事なく、ふははと笑っているかもしれない……いや、間違いなく愉悦に嗤《わら》うのだろう。戦闘狂とはそういう人種じゃないか。俺はそう、己に言い聞かせた。

「というかあのおっさん元気過ぎるだろ……」

見た感じ、三十歳は過ぎているだろう。

父上より歳を食っているようには見えないが、年相応にもう少し落ち着きを持っていても良いんじゃないだろうか。

なんて思いながらも、俺の視線は喧《やかま》しいグリムノーツから別の場所へ。

終始、アクションというアクションを見せず、俯瞰《ふかん》めいた様子を貫いていた人物——エレーナの
もう一人の護衛役であるウルへと焦点を合わせていた。

「……あんたは確か、ウルさん、だったよな。俺がそこのおっさんを食い止めておくからあんたも
とっととエレーナの下へ——」

行ってやってくれ。

と、言おうとして。

「——いや、あんた……」

直前で、俺は口にする言葉を変えた。

そして言《い》い淀《よど》む。

直感で分かってしまった違和感。その正体不明の何かが、俺の顔を険しくさせていた。

脳裏に浮上した、とある一つの可能性。

きっと、この場の誰一人として信頼していない俺だからこそ辿り着いてしまった、一つの答え。

「……あんた、どっち側だ？」

言葉にしてしまったが最後。

その言葉はどうしてか、すとんと胸に落ちた。

「どっち側、とは何の事でしょうか」

不気味なくらい違和感のない笑顔を俺に向け、何の事か分からないと逡巡なく口にしたその言葉

こそが、答えであった。「嘯《うそぶ》いている」のだと、分かってしまったのだ。

ここで俺は完全に認識を改めた。

エレーナの護衛であったはずのウルは恐らく、味方ではない、と。

「……あー、もういい。その返事で十分だ」

そもそもエレーナに関しては、おかし過ぎる事だらけなのだ。どうして彼女は「時の魔法」が遺跡にあると確信したのか。そもそも、亡国の王女がどうして都合よく逃げ果せていたのか。

極め付けに、何故あんなにも脆いのか。

コーエンとの会話を聞く限り、エレーナの国は滅ぼされ、家族も、領民も何もかもが死んだのだろう。生かされた者ならば、それこそ、誰かが身を挺《てい》して己を助けてくれたその瞬間を目にしているはずだ。王女としてエレーナが生かされたのだとすれば間違いなく、その瞬間は幾度となく。

現実とは残酷で無比であると身をもって知っているだろうに、どうしてあの徐は『時の魔法』だなんてものの存在を信じられたのだろうか。そんなもの、冷静になればあるわけがないとすぐに分かっただろうに。

きっと彼女は絶望するだろう。

己を守ってくれていた家族が実は、面従腹背《めんじゅうふくはい》であったなどと知った暁には。

「にしても、酷い話もあったもんだ」

そういえば、コーエンは何が強ければ強大な〝異形〟が生まれる、と言っていたか。

……確か——

「の、割には驚いておらんではないか」

俺の思考を遮ったグリムノーツは、喜色に塗《まみ》れた表情で言葉を紡ぐ。

「俺にとってはどこまでも他人事《ひとごと》だからな」

「ふ、ははは っ!! ははははははッ!! ここは本来、激昂するところであろうに!?」

「この人でなし、と怒れと? んな馬鹿な。俺が言って何か変わるならまだしも、何も変わらないなんて事は透けて見えてるだろ」

「……ほ、ぅ?」

惰眠《だみん》という名の無駄ならば何より好むところである。

しかし、俺という人間は本来、無駄を嫌う人種だ。変わるはずのない結果を変えようと労力を費やす必要が、一体どこにあるだろうか……そこに、譲れない何かがあるわけでなし。

「俺から見て、エレーナがウル《あんた》に向けていた信頼ってもんは間違いなく本物だった。あんたらの付き合いも本物なんだろうよ。だったら、これから裏切るにせよ、初めから裏切っていたにせよ、譲れない何かがあるんだろうさ。あえて相手の込み入った事情に足を突っ込むくらいならば、俺は己が進む道の障害であるとして蹴散《けち》らしてしまった方がずっと楽だ」

「……まったく、己よりひと回りも幼い子供に全て見透かされておるではないか。ポーカーフェイスでも覚えるべきではないだろうか。なぁ? ウルとやら」

「………………」

恐らく事情を全て知っていたであろうグリムノーツの言葉に対して、ウルが人をも射殺せるのではという程の鋭い視線を向ける。

しかし、向けられた本人は気にした様子もなく、ふははと相変わらず破顔している。

「それ、と」

ウルが黒である事はこれで確定した。次いで俺の視線は——コーエンへと向かう。

「あんた、知ってて黙ってただろ」

「さあ？　一体何の事だろうな」

こちらもまた、素知らぬ顔で平然とそんな事を宣う。

『心読』——コーエン・ソカッチオの能力は無機物、有機物にかかわらず読んでみせる事。思考も、記憶も、何もかもを読み取る事ができる。

ならば、彼はウルの心情をも読み取っていただろう。しかし、それは俺に伝えられていなかった。

彼がそうした理由は、俺との約束を履行する気がないという意思の表れか。はたまた、俺を試そうとしていたの、か。

グリムノーツは言わずもがな、コーエンも見たいのだろう。抜かせたいのだろう。

俺に、〝影剣《スパーダ》〟を。

それを見た上で、手を取るか、手切れにするかを決める。その判断をする為にあえて伝えていなかったと、まるでそう言われているようで無性に腹が立った。

何故ならば、それは俺自身がナメられているという事実に他ならなかったから。

「……は、ハはは」

堪え切れず口の端が吊り上がる。

ひどく、醜悪な、見るに堪えない相変わらずの作り笑い。けれど今回ばかりは無意識のうちに、この混濁《こんだく》とした笑みに少しだけ怒りのような感情を込めてしまっていた。

「なぁ、コーエン・ソカッチオ。あんたは俺の頭ん中を一度覗いてるよな。だったら、俺がどういうヤツかなんて事は承知の上。そうだろ？」

剣を執る理由は何だったか。

己の矜持とは何か。

己の譲れないものとは。

己が笑う理由は。

己が、己が、己が、己、が――

俺が、俺である限りソレを貫かねばならない理由を、コーエン《あんた》は知っているよなと。問う寸前で俺は口籠《くちご》もり、眉根を寄せる。

どうして俺は、出会ったばかりでしかない人間に理解を求めた？　頭の中を覗かれたとはいえ、理解できるか否かはまた別問題。だというのに、と頭の中で言葉を組み立てるうち、沸々と湧き上がっていた感情が沈静化する。

これればかりは、土台無理な話だろう。ぐちゃぐちゃに歪みきった俺の思考回路を理解するなぞ、そもそも俺以外にできるはずがないのだから。

「……嗚呼、いや、違う、か。違うな。ああ、悪い、これは違うか」

そして俺は、コーエンから視線を外しグリムノーツへ。

「そう言えばあんたは言ってたな。まだ笑えるのかと。折角だから答えてやる。俺はな、笑わなくちゃいけないんだよ。どんな状況下であったとしても、俺は笑い続けてなければいけないんだ」

何故ならばそれが。

それだけが、死ぬべき場所で死ぬべき理由と機会を得られず喪ってしまった哀れな人間に遺された、唯一の拠り所であったから。

「そして、その理由は決まってる。ずっと昔から、決まっていた。ずっと昔から、これだけは変わらない不変の事実だった」

「ほ、ぉ？　ならばその理由とやらを儂に聞かせてもらおうか」

「俺があんたのような人間じゃないからだ」

グリムノーツのように、負傷や戦う事に恍惚とする人間だったならば、どれほど楽であったか。


『ナメられてはいけない』


そのひと言こそが、俺が剣を振るう度に馬鹿みたいに笑うようになってしまった理由。

ナメられてはいけない。ナメられてはいけないからこそ、そうでなければ生きていけないからこそ、表情を隠せ。笑え。嗤え、哂え、ワラエ、わら、え。

死体の一つひとつに対して感傷に浸り、強くもないくせに剣を振るって己がひと振りで誰かの生を終わらせるその行為が真に正しい。と。

世界を変える力もないくせにそんな事を宣うヤツは、間違いなく馬鹿で愚かしい人間である。

ただでさえ弱いというのに、あまつさえ剣に迷いを含ませる。そんな俺だったからこそ、先生は教えてくれたのだ。俺に、笑えと。

「儂とは違う……？　……なる、ほど。なるほど、成る程成る程‼　成る程、そうか。それはつまり、鍍金《めっき》であったか」

その通り、俺のこの笑みは仮面であり、鍍金。

決してこれは生まれ持ったものではなく、無理矢理に用意をした、ただのはりぼて。

「だが解《げ》せんな。それをわざわざ儂にひけらかす理由がどこにある？」

「確かにあんたにゃねえが、そこのサングラスに対してなら理由がある。一人に話すのも二人に話すのも対して変わらねえ。だから話した。ただそれだけだ。それに、前世《あの頃》ならまだしも、今じゃもうそれは弱点足り得ないんだよ」

「コーエン・ソカッチオには、か」

グリムノーツは俺がサングラスと揶揄したコーエンを一瞥《いちべつ》。

「して、その理由とは？」

「気に食わないから、ただそれだけだ」

コーエンは全て承知の上で、この行為に及んでいる。やってのけている。頭の中を覗いたからには知っていただろう。俺の矜持は勿論、思考回路を。戦闘を毛嫌いしていた事も。

……その上で、結局俺が縋り頼れるモノは剣しかないのだと、幾度となく自覚させられて。

その度、先生達《かれら》との思い出の中心にあったものは血濡れた剣と戦闘なのだと理解していた事を、きっと知っている。

だからこそ許せないのだ。だからこそ、貶められ、ナメられていると強く思ってしまう。

どうしてコーエン《あんた程度の人間》が、俺を試せる立場にあるよ？　興味本位で〝影剣《スパーダ》〟が見たいから？　嗚呼、あぁ、ああ、良い度胸だよお前ら。

「なあ、コーエン・ソカッチオ。あんたは一つ、勘違いしてる」

「勘違い……？」

「ああ、そうだよ。俺自身が馬鹿みたいに笑うようになったのは、己が弱かったからであり、そうとでもしなければ倒せないようなヤツらばかりだったからだ」

この壊れた笑みは、最早癖以外の何物でもない。狂って、壊れて、穢れたこの仮面《笑顔》は。

「些か自己評価が高過ぎるだろ、コーエン・ソカッチオ。過ぎたる自信は身を滅ぼすと習わなかったか？　……あいつらとあんたを同列に騙《かた》ってんじゃねえよ。別に俺はあんたを頼らずとも帝国の全てを斬り裂いてもいいんだ」

そうすればもれなく、元凶も斬り殺せるだろうから。

直後、すぐ側から弾けたような笑い声が聞こえてくる。それは今日一番の哄笑であった。

「……ふ、ははッ。ふははは!!　わははははははッ！！！　高々人の身一つで国を滅ぼすと!?　滅ぼせると!?　ふ、ははは!!　おんし面白すぎんか!?　だがよく吠えた！　なればこそ、儂が相手をしてやろう。否、儂しか相手に相応しくなかろうて!!」

眩しいくらい快活な笑みを向けてくるグリムノーツの言葉はまだ続く。

「剣を抜け小童！！！　儂が見定めてやろう、おんしの剣を。おんしの言葉を!!　このグリムノーツ・アイザックがおんしの言葉に虚偽が含まれていなかったのか、判断してやろうぞ!?」

その言葉は生憎、あまり頭の中に入ってはこなかった。何故なら、その時丁度他の考え事に頭を悩ませてしまっていたから。

しかし、不幸中の幸いか、俺の悩みとグリムノーツの言葉は絶妙な具合で合致していた。

——己の矜持は譲れない。己の立てた誓いに背く事はできない。そして何より、ルドルフの遺した遺跡を壊したくは、ない。

けれど堪えられなかった。

俺だけがナメられているならばまだ見て見ぬ振りもできた。

ただ、あろう事か先生達《みんな》までナメられてる。その事実を前に、感情に蓋をする事は難しかった。

「なんで、だろうな」

ポツリと言葉を零す。

俺が強いなどとは口が裂けてもほざくつもりはないが、先生達以外に舐められ、弱いと見なされるのは納得がいかない。ふざけるなと言ってやりたい。

ああ、ああ、ああ、本当に、良い度胸だ。だから……一度死んでこいよあんたら。

「普段なら、それがなんだ、って受け流せる言葉だってのに、どうしてか今はそれができない。ここがルドルフが遺した場所だから、か？　みっともない姿を見せられないって無意識の深度で思ってしまってるのかも、しれないな」

ナメられたが最後。誰もが、死ぬしかなくなる。殺しやすい人間として認識され、遠からず間違いなく殺される。

そんな思考を誰もが抱いていたあの時代。

そして、逆もまた然り。

己が道を阻む者にそんな人間がいたならば、彼らは間違いなくそいつからつけ狙った事だろう。

「——結局、こうなるのか」

まるで呪いだ。

剣を執るという行為から逃げ続けた十四年もの間は何もなかったというのに、執った瞬間、こうして災難に見舞われ続けている。そして、今もまた……

本当に、呪い以外の何物でもない。

過去に囚われる惨めな人間は、守る為だけに振るうと決めた剣を、ついには己が我儘で振るうようになってしまった。

いや、はや、幾度となく自覚してきたつもりだったが、本当にこればかりは治ってくれない。この依存だけは、本当に治る見込みが一切ない。

「——ひと振り決殺。我が心、我が身は常在戦場也」

「ほ、ぅ——？」

感情の抜け落ちた声音で、誓いを謳《うた》う。

瞬間、俺の世界だけが緩慢になった。

次いで俺は、腰に差していたものではなく、目の前に生まれていた影からずずず、と這い出てきたひと振りの〝影剣《スパーダ》〟を手にする。

ここは、ルドルフとトラウムが作り上げた遺跡。彼らに見られていると思うと、半端な事なぞできるはずもなくて。

きっと、だからなのだろう。

「剣の鬼」として何もかもを斬り殺し続けていた頃のような真似ができてしまった理由は。

「あんた、意外と隙だらけだな」

一瞬の意識の間隙を捉え、俺はそう指摘する。瞬《まばた》きをする事で生まれる、本当に僅かでしかない一瞬の隙。しかし、〝異形〟を独りで斬り殺し続けていたあの頃ならば、その僅かな隙すら突く事ができた。たったひと呼吸の間であったとしても、あの頃の俺ならば。

「いっぺん、死んでこいよ」

「――――ぬっ」

ごりっ。

何かを斬り、えぐる感覚が〝影剣《スパーダ》〟を伝って己の腕に届く。

ドヴォルグの依頼については後で言い訳をする、として……悪いなルドルフ、俺に堪え性がなくて。

この場にいない二人に向けて胸中で謝罪をしながら、俺は剣を振り抜いた。

【追憶】　届かない想いと、お別れと

巡り、巡る。

時代はどこまでも、円環の軌跡をなぞるように延々と、淡々と、ひたすら同じ道を辿り、巡り続ける。人はそれを見て、学んで、知って。

気づけば誰もが口にしていた。嗄《しゃが》れた声で、歴史はいつだって繰り返すものであると。生気の薄れた虚ろな表情で、誰もがそんなこの世の常識を説いてくれる。

剣を握らないで済む世界はいつの日か、やってくるだろうかと問うと、決まって皆がそう答えてくれる。凄惨《せいさん》に散らばった肉塊と、漂い続ける鉄錆《てつさび》の死臭を前に、誰もがそう答えてくれた。

「結論、感情ってヤツはどこまで突き詰めても、感情でしかないのさ」

黒く滲んだ太陽に目を細めながら、ヴィンツェンツ――先生が言う。

「そいつ自身が強いと言ったのなら、きっとそいつは強いんだろう。狂っていると言ったのなら、そいつはきっと狂っているんだろう。正気と言ったのなら、きっとそいつは正気なのさ」

己の世界は、己の形で閉じているのだと、先生は俺に向かって説いていた。

そう言い切れてしまう理由は――

「なにせ、正気だ、狂っているだ。それが真に正しいと証明できるのは、己のひと言だけなのだか

ら。他の誰かが狂っていると言おうとも、当人が正気と言ってしまえば、それはきっと正気なのさ。嘘偽りのない正気ってやつなのさ」

——誰一人として信じてはくれない、哀しい正気かもしれないけどね。

小さな声で先生はそんな言葉を付け加えた。

「いっときの感情で自暴自棄《じぼうじき》になる馬鹿な奴。無理矢理に洗脳染みた事をされてた奴。〝異形〟に堕ちる事で生から逃げ出した奴。色んな奴がいた。色んな奴を、僕は見てきた。生きてたって苦しいだけだからね。僕は誰も責めやしないいし、何も変えられなかった僕はそもそも責める権利を持ってやしない……そんな奴らを見てきた僕だからこそ、だからこそ改めて言おう。今の僕は紛れもなく、正気なんだよ——シヅキ」

柔和な笑みが俺の網膜に映る。

その優しげな笑みは、確かに俺が先生と呼び慕ってきた男のものであった。

「僕が生きる理由は、知ってるだろう？　それが今まさに手が届くところにある。きっとこれをなせば、僕が長年抱え込んできた悩みも払拭される。それはシヅキも分かってるはずだ——分かってるからこそ、そうやって泣いてるんだろう？　その弱さだけは、結局最期まで治らなかったなぁ」

まるでこれが最期であるかのように、先生は言う。いや、実際にこれが最期なのだろう。

だから胸を締め付ける感情が、虚勢を張ろうとする俺の心情を無視して、頬を伝って落ちてきていた。

「生きて、生きて、生きて、生き抜いて。その果てにきっと何らかの答えがある……そう、シヅキに教えたのは僕だ。今でもその考えは変わってない……だとしても。だとしても、その上で、今の僕は紛れもなく正気なんだ」

決してこれは熱に浮かされ、盲目になってしまった故の選択ではないのだと、先生は繰り返し口にする。

「だからこそ、シヅキの言葉は聞いてやれないなぁ」

やめてくれと叫びたかった。

だけれど、それができなかった。

ただひと言、それを口にするという簡単な行為が、俺にはできなかったのだ。その理由はきっと、どんな言葉を並べ立てたところで、この先に起こるであろう未来を俺では変えられないと諦めてしまっているから。

先生が、やめてくれと叫ぼうとする俺の言葉を微塵も受け取る気がない事は、これまでの付き合いから分かっていた。もう後には引けないという決意が、俺にも分かる程に滲み出ていた。

「…………っ」

きっと、先生は狂ってしまっていたのだろう。

そしてその自覚は、恐らく当人にもあったはずなのだ。だからこうして、再三にわたり己は正気であると繰り返す。

その言葉が間違いであると俺は知っているのに、下唇を噛み締める事しかできない己の無力さが、どうしようもなく憎らしかった。

「そんな顔をしないでくれよ。出会いがあれば別れもある。どうせいつかは間違いなく直面する出来事だ。少し早いか少し遅いか。たったそれだけの違いだろう？　いつの時代であっても、こればかりは繰り返しなのだから」

「ッ、それでも、俺は……ッ‼」

「ま、シヅキの気持ちも分からない事もない。僕だってこの感情を説明しろと言われれば、きっと言葉の一つや二つ濁《にご》すだろうから。それでも、これだけは言える。今の僕はどこまでも正気なんだ、ってね」

　俺の目に映る先生の瞳は、妖しい光を帯びていた。その煌《きら》めきは、間違いなく狂っていると言うべきもの。なのに、先生はそんな瞳を俺に向けながら己が正気であると言い続ける。

　……俺の気持ちが分かるのならば、その言葉を紡いでほしくはなかった。

「なぁ、シヅキ」

　やめ、てくれ。

　その先の言葉だけは、聞きたくない。

「これが、最初で最後の僕からの頼みだ」

　なんで、こんな時に限ってそんな言葉を使うんだよ。今まで一度としてそんな言葉を使う素振りすら見せなかった癖に。

　……なんで、今なんだよ。

「僕から、真っ当に死ぬ機会を奪わないでくれ」

……やっ、ぱり。

先生は死ぬ気なのだと、心のどこかで分かってしまっていた懸念が確信へと変わる。

俺の視線のずっと向こうに映る無数の〝異形〟。そこから発せられた歪な呻き声が、丁度先生の言葉と重なり合って俺の鼓膜を揺らしていた。

「今は分からなくとも、きっとシヅキも僕の言ってる意味が分かる時が来る……本音を言っていいなら、これぱかりは死ぬその最期の瞬間を迎えるまで理解してほしくはないんだけどね」

でもそれは僕の身勝手な願望でしかない。

シヅキなら、きっと理解してしまう日が来る……間違いなくね。

悲しげな表情を浮かべて、先生は言う。それが嘘偽りのない彼の本心であると、また俺は理解してしまった。

「僕は、楽しかった」

瞳を細め、口角を吊り上げ、優しげな言葉を添えて。先生は悔いなんてものはひと欠片すら見当たらない、正真正銘の笑みを俺に向けていた。

「空虚で、意味がないと思っていた僕の人生は、みんなのお陰で色づいてくれた。意味があったのだと、気づかせてもらえた」

「な、ら」

「そのお陰で、今この瞬間までちゃんと生きていられた」

俺が先生の決意を変える事は不可能なのだと、言葉を交わすたび、理解を深めてしまう。どうにかして引き留めようとする俺の言葉は、どうしようもないまでに届いてくれない。

……その無情さに、俺は脇目も振らず泣き叫び散らしたくなった。

「生来、僕はとびきりの弱虫でね。死に逃げようと考えた回数なんて万をゆうに超えてる。そして、そんな救いようがない弱虫な僕だからこそ、とんでもなく救いようのない〝時間遡行《血統技能》〟に恵まれてしまった」

時折見せる表情や素振りから、先生が死にたがっていた事は何となく知っていた。

「どうやってのたれ死んでやろうか。そんな事しか考えられなかった馬鹿《僕》だったけれど、ふとしたきっかけで紡がれていく親交に、終ぞ背を向ける事はできなかった。むしろ、それがどこまでも心地がよくて、溺れていた」

——お陰で、気づけば〝異形〟を根絶する、などという目標まで僕は掲げていた。

面白おかしそうに、彼はそう口にする。

「だから、楽しかった。だから、幸せだった。みんなのお陰で、僕はこうして笑えるんだ」

ほら、ね？

そう言わんばかりに、歯を見せて快活に先生は笑う。数年という長いような短いような、そんな付き合いの中で今まで一度として見た事のなかった笑みであった。

「だから、さ。泣かないでくれないかな、シヅキ」

先生は手を伸ばし、俺の目元を拭《ぬぐ》ってくれる。

どこまでも安心させてくれる暖かみ。

けれどその暖かみは今まさに失われようとしている。

だから、だろう。

……慰めの言葉を掛けてもらったのに、俺の表情は悲痛に歪んだままだった。

「誰も悪くなんかない。誰も責められていいはずがない。そもそも、誰も責めやしない。力がないだ、足りないだ。そんな事を悔やむ必要もない。けれど、その上であえて言うなら……弱虫だった僕が一番悪い」

「だ、としてもッ、俺は先生に生きて――!!」

「何度も言ってるだろう？　僕は正気だと……だから、それはできない相談なんだ」

漸く言葉にできかけていたその言葉も、遮られてしまう。本当に、どこまでも余地というやつが見つからなかった。

「なんて言ってる間に、残されてた時間も、もうなくなった……にしても、びっくりするよね。僕達が追い求めていた〝黒の行商〟の正体が、あんな太陽だなんてさ」

そう言って、先生は穢れた空を見上げる。

視線の先では、黒く滲み変質した太陽が俺達を見下ろしていた。そしてそれは、刻々と俺達のもとへと近付いてきている。

〝黒の行商〟の正体が太陽である、という事に関しては、多少の誤謬《ごびゅう》があった。

正しく言い直すならば、〝黒の行商〟たる人物の〝血統技能〟が、あの太陽なのだ。

「〝黒の行商〟の目的は、この世界の救済。人を化け物にするしか脳がない阿呆《あほう》かと思っていたけど……こんな手札を持ってるだなんて思いもしなかった。確かにこれなら救えるだろうね。誰もを平等に、殺せる《救える》だろうさ」

とは、いえ。

「だけど、これまで散々胸糞悪いものを見せてくれた人間に救われるのは……単純に、嫌なんだよね」

だからこそ、先生は。

「故に、僕は否定しようか。その救いを。その吐き気しか覚えない独善の塊《救い》を壊《否定》させてもらおうか」

そう告げた先生はどうしてか、安堵に似た表情を浮かべていた。そしてその理由は、続く言葉がありありと物語る。

「けれど、僕がそんな事を言うのもおかしな話だ。〝黒の行商《君》〟の救いのお陰で、僕は誰かを守って死ぬだなんて上等な真似ができるのにさ」

あはは、と自嘲気味に先生は笑っていた。

「こんな僕が、誰かの為に死ねる。あぁ、本当に——上等過ぎる」

だから——ありがとう、と。

「お陰で僕はこうして笑えてる。最期に、みっともない姿を晒《さら》さずに済んだ」

事実をありのまま並べ立てる。そんな当たり前の行為がどうしてこうも、残酷に思えるのだろう。

……嘘でしかないと即座に露見してしまう偽りであったとしても、俺は先生に言ってほしかったのだ。「これが永《なが》の別れではない」と。

「なぁ、シヅキ」

きっと、これが最後。

この言葉が、きっと最後になるのだと、どうしてか理解できてしまった。

「僕は言ったよね。歴史も、出会いも、別れも。何もかもが繰り返しだと。出会いがあれば別れもある。別れもあれば――出会いもまた、存在する。きっと、これが最後じゃない。きっと、また会える」

それがいつになるのかは、分からないけれど。

「だから、泣く必要なんてどこにもありゃしない。それに、僕はいつだってシヅキの側にいる」

そう言って、先生は俺の腰に下げられていた〝影剣《スパーダ》〟の柄に手を置いた。

「受け継ぎ、託し、託され。僕の剣《意志》は、もうシヅキに託してある」

にっ、と笑う。

その、らしくない笑みが痛ましくて。

「だから、後は頼んだよ――シヅキ」

それだけ告げて、先生は俺に背を向けた。

「本っ当、に、僕は恵まれてた。最期の、最期で、これ以上なく報われた！」

声を張り上げる。

いつも冷静沈着な、先生の言葉とは思えないくらいに、高揚する感情をあらわにしていた。

「お陰で、僕の肩にのし掛かってた重荷も随分と軽くなった。お陰で、こうして今も笑う事ができてる……本当はこんな事、柄《がら》じゃないから一生言う気はなかったんだけど」

訪れる沈黙。

そして続けられた言葉には、表情には懐古のようなものが滲み出ていて。

「最期にこうして、誰かに看取《みと》られるのなら悪くない。こうして後悔なく逝《い》けるのなら、悪くない」

どこまでも大きな背中が、遠ざかっていく。

聞こえてくる声が、小さくなっていく。

「だから——さよならだ。シヅキ」

まるで、明日には何もなかったかのようにまた会えるような。そんな錯覚すらしてしまう、軽い別れの言葉。けれど、俺はその言葉に対して返事はしなかった。

頑張って、気負って、取り繕って、顔を痙攣させて、無理矢理に表情を作った。

無理矢理に、混濁とした笑みを浮かべた。

それが、先生からの教えであったから。

きっと、これ以上に相応しい返し方はないと思えたから。

——あぁ、それで良い。それで良いんだ。シヅキ。

そんな言葉を幻聴する。俺の視界は、雨に濡れた窓のように酷く滲んで、歪んでいて、まともに見えはしなかった。

第十二話　戦狂い

「……これはたまげた」

『氷葬』グリムノーツ・アイザックと俺のやり取りを俯瞰していたコーエン・ソカッチオが、ひゅう、とどこか戯けた様子で口笛を吹く。

「その体格差で、差が出ないのか」

手足のリーチ。体重。明らかに異なる体格。

肉弾戦であれば、このうちのどれか一つでも大きく優劣があったならば、始まる前に凡その勝敗は決すると言っても過言ではない。俺自身、その考えを否定するつもりはなかった。

「ふ、はは、ははははは……」

ガラガラと重なった瓦礫《がれき》が崩れ落ちる。

正面からのその音には、思わず顔を顰めてしまう程の不気味な笑い声が伴われていた。

「ははは、ははははは!! ふは、はははハハハハハ！！！！」

その哄笑は勢いを増していき——やがて突然、ピタリと止んだ。

「——コーエン・ソカッチオ」

そして、その声が名を呼ぶ。

ALPHAPOLIS
WEB CITY
SINCE 2000
ALPHAPOLIS
アルファポリス
LN_Ver.
アルファポリスの人気作品を一挙紹介

「儂とこの小童との仕合に手出しは無用。変な気を利かせたその瞬間、儂はたとえ致命傷を負う事になろうがおんしから殺す……忠告はしたからの」

限界まで圧搾《あっさく》された殺意が言葉に変換され、傍観に徹していたコーエンへと向かう。

砂礫越しに薄らと見えるグリムノーツの双眸は、恐ろしいくらい冷ややかであった。

――変な気を利かせたその瞬間。

人を信用するという行為を限りなく突き放していた俺だからこそ、その言葉の意味に気づく。

これは、両方について言える事なのだ。

グリムノーツか俺、どちらに手を貸そうとしても、その瞬間に殺しに向かうぞ、と。

「にしても……いやはや。実に愉快」

時間と共に、視界を遮っていたものが晴れていく。愉しそうに、嬉しそうに、幸せを噛み締めるように声帯を震わせるグリムノーツの手には、ぐにゃりと折れ曲がった槍が握られていた。

そして、それをぽいと手放した。

「その小さな体躯のどこに斯様《かよう》な力があるのか、甚《はなは》だ疑問は尽きぬ、が――」

場の空気が、変わる。

殊更に間を置いたグリムノーツの気配を警戒してか、其処から距離を取れ、と唐突に脳内で警笛が鳴る。

そして一瞬だけ視界に映る――青白い魔法陣。

パキリと音が立ち、冷気のような白い靄《もや》を生じさせている、と知覚した時には既にグリムノーツの右手には、かき消えた魔法陣の代わりに現れた青白いナニカが握られていた。

「すべ、て、戦ってみれば分かる事！！！」

グリムノーツは先程の攻撃によって生まれた裂傷から鮮血を垂れ流しながら、そう猛《たけ》り吼《ほ》える。

次いで、ダンッ！　と地が震える程に大きく力強い踏み込みを一度。

そして躊躇いなど一切なく振り抜かれたナニカは、流星の如き速度で俺のもとへと飛来する。

「おいおい、勘弁しろよ……っ」

数瞬のうちにめまぐるしく移り変わる眼前の光景。

悩む時間なぞはなから用意されていない。

遺跡が破壊されてしまう、などとうつつを抜かす暇はない、むしろ、避けるか迎え撃つか、その二択すらも本能という名の反射的行為に任せるしかない状況下。

俺は己の勘に身を任せ、後方へ飛び退いた。

「ハ――ッ、その程度、見え透いておるわっ!!」

しかし、グリムノーツの指先から投げ放たれる直前に、ソレの軌道が僅かに変化。

ぐにゃりと撓《しな》ったナニカ《ソレ》は、跳躍した俺へと改めて狙いを定め――突き進む。

「チィ――……ッ!!」

舌打ちを一度。

地面から足を離してしまっている今、満足に動く事《躱す》はもはや不可能。そう結論付けた俺は、〝影剣《スパーダ》〟の柄を握る手に力を込め――迫り来るナニカを真っ二つに斬り払う。

「氷、か」

「明察!!　だが、些か氷槍《ソレ》に気を取られ過ぎよなァッ!?」

ざっ、と大地を踏み締める音が鼓膜を掠める。

俺はそれを知覚したと同時に背後を振り向き、影剣《スパーダ》を振るう。

いつの間にやら生成されグリムノーツの手に握られていた氷の槍と〝影剣《スパーダ》〟が交錯。場に響くは、剣撃の金属音。飛び散るは、火花。

二度、三度と刃音は続けて響き渡る。

苦もなく弾き返された事が意外であったのか。グリムノーツの表情の端々に驚愕が浮かんでいた。

しかし、それも一瞬。にぃ、と愉悦に歪む唇から、新たな言葉が紡がれる。

「『〝圧《お》し潰せぃ――」

「はっ」

嘲笑う。

グリムノーツがしようとしている行為を理解し、俺は嘲弄を顔に貼り付けた。

パキリ、と一斉に周囲より冷気が漏れ出す。

「――雹葬飛雨〟――ッ!!』」

一節の言葉が告げられる。

しかし、俺はそれが発せられるより数瞬速く脚に力を込め、肉薄せんと飛び掛かっていた。

「俺が言えた義理じゃないが、人の忠告は有り難く聞くもんだ」

言葉と共に俺が放った力任せの一撃。

その直線的過ぎる一撃は呆気ないまでに防がれ、弾かれる。なれど、俺を標的として飛来していた氷柱は、今回も狙いを外して俺の側を素通りしていた。

……またしても、何故だ。

そんな疑問を顔に浮かべるグリムノーツをよそに、今度は右足を支点としてぐるんと回し蹴りの要領で身体を捻って勢いをつけ――薙ぐように俺は剣を叩き付けた。

続けざまの連撃猛攻。

振るって、振るって、振るって、剣を振るう。

絶え間ない剣撃は通り過ぎた軌跡しか見る事叶わず、一定間隔でひたすら衝突音が響き渡るのみ。

剣風の音は、まるで現在進行形でズタズタに斬り裂かれている大気の悲鳴のよう。

間断のない縦横無尽の攻防の最中。

何を思ってか、グリムノーツは声を上げた。

「成る、程。そうか、そういう事かっ！！！　おんしに魔法が当たらん理由は、儂に当てる余裕がないからか！！！」

彼の言う通りであった。

〝影剣《スパーダ》〟にせよ、グリムノーツが扱う氷にせよ、物量で押し潰そうとする能力というものは決まって、ある一定の「余裕」を必要とする。狙いを定めるには、状況把握をするだけの頭の「余裕」が必要不可欠なのだ。

操る以上は、狙いを定め、俺の身体を刺し穿《うが》て、などと命令を下さなければならない。

「……いやはや、新しい発見というやつも中々どうして面白い」

そこから更に数合ほど打ち合ってから、グリムノーツが仕切り直しだと言わんばかりに飛び退く。

「いやぁ、良いな。良い。良い良い。実に良い」

距離を取るや否や、グリムノーツは現状を噛み締めて味わうように口を開く。

〝影剣《スパーダ》〟と氷の槍の激突は既に幾十度。その度に破滅的な重鈍な衝撃音が大気を揺るがし、正真正銘の命のやり取りを行なっているのだと、否応なしに何度も何度も自覚させてくれる。

「この暗がり、この狭き場所。欲を言うならばもう少しばかり広々とした場所で好きなだけ暴れ、殺し合いに興じたかったが……ふ、ははっ。極上の獲物を前にこれ以上の我儘は欲をかきすぎ、というものだろう」

高揚する感情。喜悦に破顔。

心を震わせる感情に従わんと、円弧を描く口端から漏れる弾んだ声。

グリムノーツは傍目から見ても、心底今を楽しんでいた。

「本音を言うとな。儂は失望しておったのよ。この世界に。この戦いと、いうやつに」

そんな事、俺が知ったものかとばかりに呆れ顔を作るも、当人はそれに気づいて尚、口を閉じる事をしない。

聞いてくれと懇願《こんがん》するかのように、言葉を並べ立てていく。

「儂は強い奴と戦いたいから槍を握っておるのだ。強い奴と戦いたいからこそ、帝国に身を寄せた。

にもかかわらず、この仕打ちよ。帝国に籍を置く〝英雄〟共はこぞって真正面から戦おうとせん臆病者ばかり。他の〝英雄〟共も、大概が臆病者であった。真っ向から相対し、儂の欲求を満たしてくれる者なぞ一人としておらなんだ。何が、〝英雄〟か……！　何が戦士か！　つまらん。実につまらん!!　全てがつまらん!!」

帝国最強の〝英雄〟。コーエンにそこまで言わしめた男が、己の欲望をがむしゃらに叫び散らす。まるでそれは、子供の癇癪《かんしゃく》のようであった。

「……今日この瞬間まで、儂はそう思っておった。だからこそ。故に、初めて感謝をしようぞ。天のこの導きに」

――は、ハハハ。フハハハハハはははッ！！！！

哄笑がまた、巻き起こる。

「ハハハハハハ！！！　戦いというものはこうでなければ!!　魂が震えるような、そんな命のやり取りであるからこそ、価値がある!!　これが本物なのだろう!!　これが、本物の戦い。ああ、あぁ、嗚呼!!　真……真!!　戦いとは何と甘美《かんび》なものなのだろうか。やはり、戦いを求めた己の欲求に狂いなどなかった!!」

新しい玩具を買い与えられた子供のように彼は笑っていた。

「故に、ありったけの力を出し尽し、儂に教えてくれ!!　戦いというものを！！！　刹那の死線に身を委ねられる幸福を!!」

俺に向けられる瞳には、狂気のような妖しい煌めきが見えた。殺し合いという反吐《へど》しか出ない行為に生き甲斐を見出してしまった戦狂《畜生》いらしい、どこか昏《くら》い光輝が。

だけれど、ソレに俺はどうしてか懐かしさを覚えていた。無性に懐かしさが込み上がってくる。

響く絶叫。荒れ狂う悪意。その、坩堝《るつぼ》。

俺の心象世界に未だ巣食う過去の光景の中に、こいつのようなヤツらはごまんといた。だからこうして懐古の念を、己の意志とは無関係に抱いてしまうのだろう。

「儂の名はグリムノーツ！　グリムノーツ・アイザック‼　さぁ名乗れ小童‼　おんしの名、儂に聞かせてくれ‼」

「……ったく」

面倒臭え上に大声で叫ぶもんだから耳が痛え。

一人で身勝手に盛り上がるグリムノーツを横目に、俺はそんな事を思っていた。

吸血鬼ヴェルナーもそうであったように、戦う事に心血を注《そそ》ぐ連中は決まって名乗りたがる。そして、相手の名を聞こうとする。

その理由は、昔誰かから聞いた。

教えてくれたのは、一体誰であったか。それも朧気なくらい、ずっとずっと昔の話。

――おれらが戦うと決めたなら、そりゃもうどちらかが息絶えるしか終わりはねえのよ。半端な終わりなんてあり得ねえ。どっちかが斬って、どっちかが斬られて血ぃ流して、痛え痛えなんて思いながら心臓が動きを止める。それでようやっと終われんのさ。だから、名を聞く機会なんて始めしかねえ。

だから、始めに名乗り名乗られ。そんな戦の作法をしたがるのさ。

彼は、そう言っていた。

——自分が斬り殺した奴の武勇は、斬ったてめえ自身が語る以外にねえだろう？　武勇の語りは、斬った奴に対する礼儀ってわけでな。だから、それを履行する為にてめえの名を聞くのさ。名無しの武勇なんて誰も聞きたがらねえもんだ。それは、悲しいだろうが？　だから……てめえも名を聞かれる事があれば素直に教えてやりな。これはな、戦の作法、ってやつだぜ？　覚えとけ——

気が遠くなるほど、昔の会話。

それに俺は、なんて返したんだったか。数瞬ばかり、過去に想いを馳せる。

——俺はいいよ。語られなくても。

——そう言うなって。おれらみてえな人種はな、自分を殺してくれた奴の名を胸に抱いて逝きてえのよ。てめえには分からねえかねえ。真っ当な死ぬ理由を欲しがるおれらの気持ちがよ。

——つまり、自分を殺した奴の事を想いながら死にたいって事でしょ、分かる分からない以前にその思考が気持ち悪くて分かりたくもない。

——は、ははァんッ⁉　てめ、言うに事欠いて気持ち悪ぃ死ねボケカス！　てめえなんて三秒だオラッ‼　だと⁉　ふっざ、けんなァ！！！　良い度胸だ‼　表出やがれ‼　おれがこの世の厳しさってもんを教えてやっからよォ⁉

——……いや、そこまで言ってねえじゃん……


「く、はは……」

あー、そうそう。こんなやり取りだったなぁ。思い出すと、無意識のうちに笑みが溢れ出ていた。

「んん？」

「悪い悪い。別に他意はないんだ。で、名前……だったよな」

成り行きで今回もまた剣を執り、剣士としてこの場に立つ事になってしまっている。

はたして、俺は何と名乗るのが正解なのだろうか。などと考えて、かぶりを振る。

答えは一つしかないだろうと、己に言い聞かせる。

「俺の名前はファイ・ヘンゼ・ディストブルグ」

転瞬、ぴくりとグリムノーツの眉が跳ねた。

「なに驚いてんだか。これが戦の作法ってやつなんだろ？　それくらい、付き合ってやるっての」

相手が驚いた理由は、間違っても俺が名乗り返した事に対してではないだろう。しかし、それを理解しておきながらあえて、俺は嘯いた。

「……とはいえ、今俺が付き合ってやれるのはそれくらい。悪いがここらで引かせてもらう」

「……心配せずとも、儂はおんしを倒しでもしない限り、あの小娘を追いかける事はせん。それでもおんしは引くと？」

「引く」

即答。

「場所が悪い、って事が一番の理由なんだが……何より、ぽっきりと心が折れちまった同類を無視するとなるとどうしてか、俺に残ったちっぽけな良心が痛むんだよ……確かに、俺がエレーナ《あいつ》を守ろう、逃がそうとしていたのは、俺の意思ではなく他の奴の思惑に過ぎない。だけど、少なからず同情してるんだよ。俺はエレーナ《あいつ》にな」

〝異形〟という存在に己にとっての当たり前を叩き潰され、蹂躙され――挙句、何かに縋ろうとして、けれどそのか細い希望すらも失った。

嘆《なげ》き悲しむその姿は、どこまでも親近感を覚えてしまうものであった。

「救いたい、だなんて馬鹿な事を言う気は毛頭ない。もとより俺がそんな高尚な真似ができない人間である事は、他でもない俺自身がいちばん理解してる」

都合のいい事実を己にとって都合の良いように信じ、そうでありますようにと切に願う。

その素直すぎる愚かしさは、まるで昔の俺のようであった。

俺の場合は、それがどこまで行っても幸せな夢《幻想》でしかない、と先生達《先達の者》から教わった。奈落の底へと、叩き落としてもらった。

「だから、俺はただエレーナ《あいつ》に言いたい事を言うだけ。先達として、生かされた命の重さってやつを教えておきたいだけ。何より、自暴自棄になって〝異形〟に堕ちるなんて行為に逃げられでもしたら堪ったもんじゃないからな」

助ける義理なんてものはどこにもない。

だからこれは、ただの俺の自己満足。

「成る程。事情は分かった。それで、時におんし。名は、ファイ・ヘンゼ・ディストブルグと言ったな？」

「……ああ」

「ならばこうしよう。明朝まで、儂は遺跡の外の開けた場所でおんしを待っておこう。儂としても、戦うなら全力で戦いたいのでな。折角の極上、それを満足に味わえぬのは些か心苦しかったところよ。で、待つ代わり、もしおんしが明朝までにここへ訪れぬ場合、ディストブルグを氷で埋め尽くさせてもらう」

——これでどうか？　受け入れるのであれば、今だけは特別に見逃そう。

終始遺跡に気を払っていた俺への配慮なのか。グリムノーツは首を僅かに傾けて、是非《ぜひ》を問う。

「『氷葬』ッ!!　そんな自分勝手が許されるとでも——」

「黙れいッッ！！！！」

その提案に口を挟んだウルの声はすぐさま、グリムノーツの怒声によってかき消された。

「儂に命令できるのは、強いヤツだけよ。他の有象無象《うぞうむぞう》の言葉など耳を傾けるに値せん。儂を楽しませてくれるヤツの言葉のみ、儂は聞き入れる」

「そんな巫山戯《ふざけ》た話を――」

「これが最後よ。次、口を開けば殺す。あまり儂の手を煩《わずら》わせてくれるな。この至福だけは、誰にも邪魔はさせん」

――儂は、おんしの全力と戦いたいのよ。全力を出し尽くし、この至福を味わい尽くしたいのよ。さぁ、どうする？　なぁ、ファイ・ヘンゼ・ディストブルグ。

第十三話　自己中なお別れ

――殺さなくていいんだ？

幻聴が聞こえた……そんな気がした。

遺跡を後にした俺の耳に、口癖のようにいつも、いつも『ひと振り決殺。我が心、我が身は常在戦場也』と口にしていた男の声が。

――剣を抜いておきながら引き下がるって……もしかして、僕の教えを忘れた？

「忘れてない」

――でも実際、

「……あれは、仕方がなかった……仕方がなかったんだ」

幻聴は俺を責め立てる。

俺はそれに対して言い訳を繰り返す。

だって、仕方がないじゃないか。

遺跡《あれ》はルドルフが遺したものだ。一時の感情で壊して良いものじゃない。

そう心の中で言葉を返すと、幻聴は黙り込んだ。

まるで、呆れかえってものも言えないとばかりに。

……実際、呆れているのだろう。

矜持だなんだと謳いながら、先生達《みんな》の中の誰かの形見が見つかった途端にコレなんだから。

ファイ・ヘンゼ・ディストブルグとして馬鹿にされるのはいい。〝クズ王子〟と揶揄されるのもいい。剣が扱えない王子と嘲られるのも構わない。けれど、俺が先生達《みんな》と過ごしていたと知りながら、侮られる事は耐えられない。

……だから、あの時俺は剣を抜いた。

「俺は、変わらず『弱虫』だから」

そして、その言葉に逃げた。

過去を引きずって、引きずって、引きずって、引きずり続けて。

それが俺という人間だから。そう割り切った。

大切な物を見つけてしまったならば、それを大事に抱え込み、矜持も何もかもを投げ捨ててそれを守ろうとする……元々俺は、そんな奴だったじゃないか。

……俺は、言い訳を重ねた。

言い訳を重ねるたび、心の内の大切な人が顔を俯《うつむ》かせる。業火《ごうか》に包まれた〝黒い太陽〟に立ち向かっていった一人の男性が、悲しげに言葉を漏らすのだ。

『――』

俺は、耳を塞いだ。

きっとそれが、

――受け継ぎ、託し、託され。僕の剣《意志》は、もうシヅキに託してある。


ずっと昔に俺に向けて言ってくれた優しいあの言葉であると、知りながら。

……分かっていた事だ。

なにせ俺は。

強くならなくてもよかった。

ただ、先生達《みんな》との日常が、ずっとずっと続いてくれればそれでよかったんだ。それで、幸せだったんだ。

死の間際に、そんな事を口にするような奴なのだから……分かっていた事じゃないか。

そうやって幻聴に言い聞かせてやると、気づけばその声は聞こえなくなっていた。

◆◆◆

遺跡を後にして十数分。

木陰に身を潜めていたレーム達と漸く合流した。

「……どうもっす」

顔を合わすや否や、特徴的な口調で言い放たれた声が俺の鼓膜を揺らす。

「……ウルはどこ」

次いで、エレーナの声が聞こえた。

鬱々とした調子ではあるものの、口が利ける程度には回復したらしい。

「…………」

なんと言えばいいのか。

少しだけ逡巡をして、

「知らない」

そう言って、はぐらかす。

すると、どうしてかレームが、微笑《ほほえ》ましいものでも見るかのような目を俺に向けていた。

俺の発言が気遣いからくるものであると思っているからなのだろう。

「死んだかどうか。それもご存知ないっすかね？」

「……死んではないと思う」

「そっ、すか……それが聞けただけでも僥倖《ぎょうこう》ってもんです。ありがとうございます」

レームは徐《おもむろ》に立ち上がる。

そして何を思ってか、俺が来た道を辿らんと足を進め始めた。

「おいあんた」

生死を聞いた。つまり彼は——ウルを助けに行くつもりなのだ。

ほんの少しの時間しか関わっていないけれど、俺にもレームが悪い人間でない事は分かっていた。

だから、だろう。

「……あいつは、あんたらの事を裏切ってるぞ」

俺は、非難覚悟でその事実を伝えた。

案の定、肩越しに振り返りパチパチと目を瞬《またた》かせるレームのものではない手が、俺へと向かって伸びてきた。力を込めれば折れてしまうのではと錯覚する程、華奢《きゃしゃ》なエレーナの腕。

「……ッ、冗談でも言って良い事と悪い事がある事くらい、分からない……？」

ガシリと、その手は俺の胸倉を容赦なく掴んでいる。

「信じるも信じないもあんたの自由。でも俺は、嘘をついたつもりはねえよ」

引き下がろうとしない俺の言葉に、胸倉を掴む力は更に増した。

放っておけば拳の一つや二つ飛んでくるだろうなと想像したが、それが現実になる事はなかった。

その理由は、もう一つの声が俺とエレーナの間に割り込んだから。

「……姫様。その手、離してやってはもらえないっすかね」

「なん、で……ッ!! シヅキは、ウルの事を裏切り者って──ッ」

「今ここで、シヅキ君が姫様と自分に嘘をつく理由がどこにもねえからっすよ」

自分の同僚であり、仲間であったはずの人間が裏切っていると言われて尚、冷静さを全く欠かないレームのその姿は、少しばかり異常に映った。けれど、その疑念はすぐさま霧散した。

「ファイ・ヘンゼ・ディストブルグ……ディストブルグの王子である君がここにいる理由は、きっとここで好き勝手している帝国の人間を一掃しに来たからなんでしょうよ。そして、あのコーエン・ソカッチオと取引をし、姫様を生かせと言われている……姫様を生かす気がないならあの時、グリムノーツ・アイザックに突き出せば済んだ話だったんす。けれどそれをしなかった。つまり、少なくとも君に姫様を害する気はねえんでしょう。だとすれば、あえてここで自分らの機嫌を損ねてまで嘘をつく理由はどこにも見つからねえんすよ」

「……レームはウルより、シヅキの言葉を信じるの？」

「ええ。自分は、シヅキ君の言葉を信じさせてもらいます」

即答だった。

まるで以前から、裏切っている可能性があると気づいていたかのような。

……そこで漸く気づく。

つまり、そういう事なのかと。

「シヅキ君は知らねえと思いやすけど、自分らの祖国であるカルサスが滅んだのは帝国が原因です。それも、内部からを含めた侵略だったんすよ」

「……裏切り、か」

「ええ。とはいえ、流石にウルがその下手人とは思ってねえっす……自分の考えが正しいなら、滅んだ後に、どこかで裏切ってたんでしょうねえ」

裏切りが非難されるべき行為である事に変わりはないが、戦争とは切って離せない関係にある。そんな事は十分に知る俺だから、「そうか」という感想で済ませる。

「あーあ、ほんっと嫌な役回りっすよ。お陰で自分が尻拭いをする羽目になっちまいやした。裏切りの理由を聞く為にも、自分が行かなきゃならなくなった……はぁ、面倒臭え事この上ないっす」

後ろ頭をぼりぼりと掻きながらレームは苦笑いする。そして、止めていた足をまた進め始める。守るべき対象であるはずのエレーナを置いてきぼりにしたまま。

「おい、あんた──ッ」

エレーナを置いてどこに行くつもりだ。

そう叫ぼうとした俺であったが、最後まで言葉を紡ぐ事はできなかった。

理由は、もう一度振り向いたレームと目が合ってしまったから。その瞳に、覚えがあったから。

……ああ、本当に嫌になる。

瞳に湛えられた決意と煌めきは、俺を弱虫と言ってなじってくれてた奴らの瞳にそっくりだった。

やめてくれと懇願しようとも、言葉の一切を受け取ってくれなかった先生達《奴等》と同じ瞳だ。

「あぁ、これを言うのを失念してたっすね」

参った参ったと小首を傾げるレーム。

彼が口にしようとしている言葉は、なんとなく想像がついた。そんな瞳を浮かべる奴に、俺は何人と会っていたから。

「シヅキ君に頼みがあるんす」

——姫様を、頼めませんかね。

そう頼んできた声音は、先程までとなんら変わりのないものであるのに。

どうしてか、俺の心を揺さぶってくる。

「……尻拭いをするのはあんたの勝手だが、あんたはエレーナを守る役目があるだろうが……俺に任せるって、本分を疎《おろそ》かにしてまでする事なのかよ」

「本分だからこそっすよ」

「……それは、どういう」

「自分はどこまでも、今は亡きカルサス王国国王陛下の直臣《じきしん》なんす。姫様を守れってのは、自分らを逃してくれた兵士達の願い。でも自分が聞き届けた陛下からの命《めい》は、裏切り者を誅《ちゅう》せ、なんすよ。これまで馬鹿正直に姫様を守っていたのはただの罪滅ぼし。本分というならば、こっちの方なんすよ。だからウルがカルサスの裏切り者であるのならば、自分は何を差し置いてでも尻拭いに向かわねえといけないんす。例外は、ねえっす」

そんなものもう忘れて、黙って忘形見《エレーナ》を守ってろよ。そう思うが、こいつらみたいな奴がそう言っても聞かないのは百も承知。

何より、誰よりも醜く過去にしがみ付いてる俺《奴》が言えた義理でもないか、と口籠もる。

「恩義があるんすよ……陛下には、大恩が」

「……そうかよ」

譲る気はないのだと、分かった。

そして、俺にはコーエン・ソカッチオとの約束があるからこそ、エレーナを守らざるを得ないと知っているからこそ、彼は先へ進もうとしているのだろう。

……だったらもう勝手にしろ。

俺がこれ以上世話を焼く義理もねえしな、とレームから目を逸らした直後だった。

「……な、に、勝手に決めてるの……？　だめだよ。だめ。絶対に、だめ。それは、わたしが許さない」

エレーナは俺の胸倉を掴んでいた手を離し、ふらふらとした足取りでレームへと歩み寄る。

「……ウルも、何かの間違いなんだよ。だから、だからね？　だから……だから」

気づけば、彼女の目元には涙が溜まっていた。

……そりゃそうだろう。

彼女が祖国の存亡の顛末《てんまつ》を全く知らないとは考え辛い。つまり、恐らくは知っていたはずなのだ……裏切り者がいた事も。己の父が、臣下にどんな命令を下していたのかも。

だから、言葉が上手く出てこないのだろう。

なまじ理解できてしまうから、ちゃんと言い返せないのだ。

「だから……やめてよ」

遂には膝から崩れ落ちてしまう。

しかし、そんなエレーナに対してもレームは駆け寄ろうとしなかった。

「……カルサスが滅んでもう、五年っすね」

「そんな事は、聞いてない……ッ!!」

「そう言わずに、聞いてもらえないっすかね」

会話になっていなかった。

エレーナとレームそれぞれの意志がすれ違い、主張し合っていた。

傍目からも分かる。彼らは同じ所を向いていないのだと。

この先、交わる事はないだろうと。

「そろそろ変わらなきゃいけねえと思ってたんすよ……カルサスの臣が二人。王女が一人。自分とウルがいるから、姫様はいつまで経ってもカルサスに囚われたまま。その自覚が自分にはあったんすよ。このまま一緒にいるべきではないと」

「そんな事は――っ!!」

「それが、あるんすよ。もとより、これが最後のつもりでした。この遺跡に来る事が最後と決めてたんす……だから、なのかもしれねえっすねえ。ウルがこうして裏切っちまったのも」

　彼の言いようからして、レームだけではなくウルも彼女の下から離れるつもりだったらしい。

「カルサスが滅んだのは、間違っても姫様のせいじゃねえんす。大切な存在だからこそ、自由に生きてほしいんすよ……自分の顔を見ると、嫌でもカルサスを思い出すでしょうよ？」

　だから、いい機会であるとレームは告げた。

　そして、彼はまるでこれが最期とばかりに儚《はかな》く笑って、背を向けようとして。

「――おい」

　不粋《ぶすい》であると理解していながら、俺はそこに割り込んだ。腰に下げていた〝影剣《スパーダ》〟を、レームに向けて放り投げた。

「……っ、と。一体これはなんなんすか？」

「持っとけ」

　俺が〝影剣《スパーダ》〟を投げ渡した意味が分からなかったのか、レームは困惑を顔に貼り付けていた。

「それがあれば、あんたの尻拭いとやらにグリムノーツ・アイザックが手出ししてくる可能性は恐らく減るだろうから」

『儂に命令できるのは、強いヤツだけよ』という奴の言葉。

　きっとあれは本心であると、俺は信じて疑っていなかった。ならば、彼は俺の言であれば耳を傾けてくれる事だろう。

　レームが俺の剣を手にしていると知れば、ある程度の事を見逃してくれるかもしれないと思ったから。

「そうは言っても、君が丸腰じゃあ――」

レームがそう言おうとした時には既に、別の〝影剣《スパーダ》〟が俺の手に握られていた。彼は言葉を止めて、敵《かな》わないとばかりに苦笑いをする。

「……そういう、事っすか。であれば有難く頂いておく事にします」

そして彼は、深々とこちらに向けて一礼をした。

俺に向けてなのか、やめてと言葉にならない悲鳴を上げるエレーナに向けてなのか。

はたまた両者か。それは分からない。

「ロクでもねえ臣下ですみません、姫様」

それだけ告げて小さくなっていく背中を、ただただ無言で俺は見詰めていた。

第十四話　似た者同士

「……ほんっと……なんなんだろうね、これ」

あっけらかんとエレーナが口を開く。

膝から崩れ落ちていた彼女は、そのままぽすん、と大地に尻餅《しりもち》をつき、もう一度その言葉を繰り返す。

「一体、なんなんだろ、これ」

自嘲気味に笑う。

涙も混じってぐちゃぐちゃに歪んだ顔を、エレーナは恥ずかしげもなく俺に向けていた。

「……国は、滅んで。お父様もみんな、みんないなくなって。だから、時の魔法を探し求めたけど、それもどこにもなくて……今度はレームとウルも、いなくなっちゃった」

答えを求めているのかもしれない。

お前はこうするべきだと、俺に何らかの答えを求めているのかもしれない。

……だけれど、俺が知っている答えはたった一つだけだ。それも、うんと不幸な茨《いばら》の道。

先生達《みんな》の遺志を継ぎ、生き続ける……生き続けた果てに、己が満足できる答えがあると愚直に信じ込んでひたすらに、ひたすらに。

……結局耐え切れずに自刃してしまうような道を、歩めとは口が裂けても言えない。

今でさえも後悔している俺だから、尚更に。

「…………」

レームは言っていた。

自由に生きてほしいと。

それを聞き届けた俺が、手助けするべきなのだろう。己が進むべき道を見失ってしまっているエレーナにその、自由に生きる道とやらの手助けを。

たとえそれが、過去に囚われ続けている《如何に馬鹿らしく愚かしい道を歩んだ者》俺の言葉であったとしても。

そこへ。

「……なんか、もう何もかもがどうでもよくなっちゃった」

諦念の言葉が俺の鼓膜を揺らす。

それは、生に対する諦めであった。

「何もかもが、馬鹿らしくなった……生きていたってさ、苦しいだけじゃん。いつかは結局、死んでしまう運命なのに、なんでこんなに苦しんでまで生きなきゃいけないの」

彼女にとって、レームとウルの存在こそが、最後の砦《とりで》であったのだ。

それがつい先ほど消え失せた。その反動なのだろう。堰《せき》を切ったように漏れ出した嘆きを、俺は黙って聞く……その気持ちは、痛い程理解できた。きっとこの世界に生きる、誰よりも。

「生きてるから、苦しいんだ」

知ってる。

「生きてるから、こんなにも悩まなきゃいけない」

知ってる。

「生きてるから辛いって感情が生まれる」

……それも、知ってる。

「……生きてるから……いきてるから、なみだがとまらないんだろうね」

それも、知っていた。

生きてるから痛みから逃げられない。生きてるからどこまでも悩まなきゃいけない。生きてるから、苦しまなきゃいけない。

だから、ルドルフは俺に言っていたのだ。

最期まで生き抜く道を掴み取る事しかできなかったお前は、オレらと同類《哀れな奴である》だ、と。

「シヅキは、さ。強い人、なんでしょ？」

何を思ってか、エレーナはそんな事を口にする。強いだ、弱いだ。それが今、関係ある事なのかと俺は疑問符を浮かべた。

「あのコーエン・ソカッチオが認めてたくらいだもん。きっと、私の想像以上に強いんだろうね」

……だから、それが何なのだと言おうとして。

「あのね、頼みがあるんだ」

レームの次はお前かと、呆れの言葉を口にしようとした俺を遮ったのは、あまりに簡素なひと言だった。俺の歩んだ愚かな生き様を真正面から否定するひと言だった。

「わたしを、殺してくれないかな」

……返す言葉は、見当たらなかった。

「こう、すぱっと。苦しむ暇もなく殺してほしいんだけど……」

最初は、はぐらかそうかと考えた。

聞こえていないフリをして適当に話題を逸らそうかと思ったが……続く言葉を耳にし、それは不可能だろうと悟った。

「だめかな？」

はぐらかしたところできっと彼女は言うはずだ。もう一度、先程と全く同じひと言を俺に向けて。

あどけない表情を浮かべ、エレーナは小首を傾げている。それは、俺が彼女と初めて会った時に向けてきたモノとよく似ている。

「……あんたの命は、誰かから命懸けで助けられた命だろ」

「そうだね」

「それをむざむざドブに捨てるのか」

「……本音を言うとさ、わたしは生きたくなかった。こんな事になるくらいなら、みんなと一緒に死にたかった」

胸の奥に、ざわつきを覚えた。

まるで己の映し鏡を見せられているかのような……嗚呼、成る程。道理でこんなにも嫌な気持ちになるわけだと理解する。

エレーナは、俺《こいつ》に似ているのだ。

「だから殺してくれ、か」

気持ちは、分からないでもない。

今のエレーナのような立場に俺が置かれていた時、救えないくらいの死にたがりであった事は、今でも自覚しているから。

でも。

「悪いが、そういう事なら他をあたれ」

同情はしよう。

彼女の想いに、境遇に、慟哭に、悲鳴に、俺は同情しよう。憐憫《れんびん》を掛けよう。

けれど、だからといってその自殺願望《願い》を俺が叶えてやる事はできやしない。

「たとえコーエン・ソカッチオとの約束がなかったとしても、俺があんたのその自殺願望《願い》に応えてやる事は一生涯あり得ない」

この身は命懸けで生かされたものであるから、ひたすら愚直に彼らの遺志を継がなくてはならない。彼らの分まで生きなければならない。誰もが納得できる死でなければ、許されない。

そう誓い、俺は己の心に向かって杭を打ち続けた人間《愚か者》である。

生かされた命であるならば、生き抜く事は義務であり贖《つぐな》いである。未だ、その考えは色褪《いろあ》せてはいない。かつては己が耐え切れずに死を選んでしまった人間ではあるけれど、それだけは不変であった。だから、彼女の言葉に頷く事はできないのだ。

「……それに、無抵抗の奴を殺す趣味もねえよ」

ここに居合わせたのが俺でなければ、気の利いた慰めの言葉の一つや二つ、言ってやれた事だろう……なんなら、レームの事を言ってやればいい。あんたの目の前からいなくなったとまだ決まったわけではないと、そう言ってやればいい。

だというのに、その行動をあの瞳が邪魔をする。どこまでも、邪魔をしてくる。真っ当な死ぬ機会を奪わないでくれと俺に言っていた先生《男》を思わせるあの瞳が、死に逝く人間特有のものであると誰よりも俺は知っていたから。

お陰で、ろくな言葉一つ言えやしない。

「そっ、か」

「そんなに死にてえんなら、ついていったらよかっただろ」

もっとも、実際に行動に移そうとしていたならば、俺が止めていた事だろう……しかし、エレーナはついていこうとはしなかった。

「それは、できないよ」

……そうだろうなぁ、と思った。

側で生きてきた人間であれば、余計に邪魔はできなかったはずなのだ。

レームは言っていた。

陛下には大恩があると。そして、罪悪感からエレーナを守り続けていたのだと。

彼は己の主の為だけに生きていたのだ……そこには微塵の揺らぎもなく。

ただ、ただ、裏切り者を誅せという最期の命を遂げる為に、亡き陛下とやらに顔向けできるようにと、彼は生きてきたのだろう。普通であれば何を差し置いてでも守るべきエレーナを俺に丸投げしたのがその証拠だ。

しかし、その気持ちは痛いくらい分かる。

圧しかかる凄惨な光景や声に蝕まれながら生きてきた俺には、尚更に。

死すべき場所で死ねる幸福というやつを俺は知っているから。お陰で笑って死ねると。だから、ありがとうと。そう言って死んで逝った奴を俺は知っている。

死すべき場所で死すべき道を喪い、自刃する事でしか逃げられなかった哀れな奴も俺は知っている。だから、レームの気持ちは痛い程理解できてしまった。あの行動を止める資格は、そもそも俺になかったのだ。今も尚、笑って死にたいと望んでいる時点で。

「できないんなら、せめて気持ちは汲んでやれ」

自由に生きろと言われ、実際に自由に生きられる人間なんて稀《まれ》であるに違いない。

けれど、そうであったとしてもせめて。

「……シヅキには分からないよ。わたしの気持ちなんて」

「だろうな。分かりたくもねえよ、助けられておきながら、真っ先に殺してくれなんてほざく奴の気持ちなんざ」

「シヅキはいいよね。きっと家族がいるんだから。周りに人がいるんだから……恵まれてる人にわたしの気持ちなんて分からないよ。時の魔法なんて馬鹿げた存在に頼る事しかできなかったわたしの気持ちなんてッッ!!」

激昂。

充血した双眸が憤怒を乗せて俺を射抜く。

そして気づけば、俺の胸の奥から沸々とどす黒い感情が鎌首《かまくび》をもたげていた。

「……気持ちが分からねえ奴だから、自分を殺してくれるとでも思ったか。楽にしてくれると、思ったか」

彼女は何も知らない。

俺の事なんか、何も知らない。

知ろうとする余裕すらないのだ。

だから、熱くなるな。聞き流せ。

己の中でそう理性が叫んでいるのに、衝動はそれを全くと言っていい程聞いちゃくれない。

きっとエレーナにもエレーナの日常があったはずだ。新しく出会う友人。己を迎えてくれる家族。手を差し伸べてくれる臣下。笑顔を向ける民草。そんな親交が紡がれていたのだろう。

……だったら尚更。

「殺してくれ、だ？　……助けてもらった分際で甘えてんじゃねえよ、エレーナ」

座り込んでいた彼女の胸倉を、今度は俺が乱暴に掴み、無理矢理に立たせて視線を合わせる。

「これ以上苦しみたくないから殺してくれ？　……ふざけんな。人の命冒涜《ぼうとく》すんのも大概にしろ」

言葉は、止まらない。

「あんたは生きる事を押しつけられただけだったのかもしれない。けれど事実、あんたの命は誰かの犠牲の上で成り立ってる」

それは、いつでも死に逃げたかった俺が、本当に最期の最期まで逃げられなかった理由。

「それをドブに捨てる事を、俺は許さない」

誰も悪くない。

エレーナ自身も、エレーナを助けた奴らも。

誰も、悪くない。

けれどあえて言うならば、

「……恨むなら、その過去を変えられなかった己の力不足を恨め」

その事実を力を以て否定できなかった己が一番悪いのだ。

第十五話　愚者の嘆き

幾度となく思い知らされてきた俺だからこそ、その言葉を紡いだ。結局、最後に物を言うのは理想でも、信仰でも、ましてや形而《けいじ》上の存在でもなく己自身の力であると知り、打《う》ち拉《ひし》がれ、終生力を追い求めて剣を振り続けた愚者《俺》だからこそ、言うのだ。

「力、かぁ……そうだね。きっと、わたしに力があれば変えられたんだろうね……あの出来事を」

悲しげに潤《うる》んだ瞳が俺に向けられている。

「だから、わたしはシヅキが心底羨《うらや》ましいよ」

「……俺、が？」

「うん。わたしは君が羨ましい」

――強い貴方が、とても。

「…………」

その言葉を耳にした途端、俺は酷い拒絶感に襲われた。

……フェリもそうだった。グレリア兄上も、アフィリスの連中も、リィンツェルの奴らもみんなそうだ。そしてエレーナ、お前もそうだ。

大半の人間が言う。

この世界で出会った人達は、俺が優しいと。強いと。そう言って、褒めてくれた。

……俺は断じてそんな人間ではないというのに。

貴方は強い？

……それは、あり得ない。

もし本当に俺が強かったならば、きっと誰も俺の目の前からいなくなる事はなかったはずなのだ。誰一人救えず、俺が守られるという結果には至らなかったはずなのだ……誰一人救えなかった者が強者とは笑わせる。

「……強くはないし、間違っても俺はあんたが羨むようなヤツではねえよ」

過去に想いを馳せていたからか。

あまりに過去の自分とエレーナが似通っていた事に、驚愕を通り越して恐ろしさを感じたからか。

俺の声は少しだけ震えていた。

誰一人として救えなかった一人の愚者は、彼らの遺志を継ぎ、剣を振り続けた。

きっと死んで逝った連中も知っていたのだ。

その愚者が、彼らの死を乗り越える事はできないだろうと。その死を忘れて突き進めるような強さは持ち合わせてはいないと。

だから彼ら皆が愚者に言ったのだ。

『お前は何も、悪くない』と。

気にするな、とは口が裂けても彼らは言えなかった。愚者の心の弱さを指摘し続けていたのは他でもない彼らであったから。

そうして、彼らの優しさに最後まで触れ続けた結果、残酷なまでに鮮やかな記憶が愚者の中に残った……結果、愚者の心は常に軋み、慟哭を上げる羽目になった。

「……そんなに、綺麗な人間になった覚えはない」

絶望をして。悔やんで、泣いて、苦痛に喘いで——孤独に覆われて。

そんなぐちゃぐちゃに負の感情を混ぜ込んだヤツが羨まれるべきではない。

皆を救いたかったと願うヤツが、皆を救えず今も尚後悔を続けているヤツを羨んでどうするよ。

……途方もない寂しさに未だ囚われ続けているヤツに憧れてどうするよ。

あんたは、自由に生きろと言われただろうが。

一滴の言葉から、感情が次々と溢れる。

それは、止《とど》まる事を知らなかった。

そんな中で、

「たとえそうであったとしても、わたしは——」

こっちが必死に諭《さと》してやっているというのに。

俺の愚かさを教えてやってるのに。

それでも尚羨んで、ひと一人殺した事がない綺麗な瞳を向けてくるエレーナの存在が、どうしようもなく堪えられなくて。

「……あぁ、分かった。そこまで言うんなら特別に教えてやるよ」

声に力がこもる。

そして口角は、醜悪に歪んでいた。

「あんたが羨むこの力はな、一人も救えなかった男が孤独の果てに掴んだ力だ……ッ。大切な奴を守るどころか、そいつらに自分を守られ続けた弱者の力だッ‼ そんなに羨ましいんなら、あんたも俺と同じ道を辿ってみろよッ‼ 幸い境遇はそっくりだ。逝った奴らの遺志を継いで復讐に身を堕とし、畜生になればあんたの憧れに手が届くぞ」

無性に腹立っていた。

ただ力を追い求めているだけの奴が、俺に向かって羨ましいと言っていたのならば、きっと俺はここまで感情をあらわにする事はなかった。

……俺と似たような境遇の奴が、あろう事か俺を羨ましいと言うから、こんなにも腹が立っているのだ。

「最後まで付き従ってくれた奴の言葉すら捨てて、それでも俺になりたいんなら、レールを敷いてやる」

あのクソッタレな哀れで愚かしい道のレールを。

「……けど、あんたは違うんだろうが」

嗚呼、そうか。

俺がこんなにも怒っているのは、似た者同士でありながらも、エレーナは俺ではなかったからなのだ。

『自由に生きてほしい』

最期にその言葉を選んでもらえる程度には、彼女は心の強い人間なのだ。

……最期の最期まで気を遣われていた俺と彼女は、やはり違うのだ。

俺にはハナから存在していなかった選択肢を掴み取れる人間が、望んで一番愚かしい道を歩もうとしているから、俺はこんなにも怒っているのだと。漸く理解ができた。

「……大切な奴の言葉にくらい耳を貸してやれよ」

俺は言われ続けてきた。

『お前は悪くない』と。『十字架を押し付けて悪りぃな』……と。

そして――お前は心が弱いと。誰もに言われていた。だからこそ、きっと俺が歩んだ道は間違いであるけれど、俺にとっては間違いではなかったのだ。

「あの男も、あんたにとっちゃ大切な奴なんだろ……そんくらいの義理は果たしてやれ」

「……は、はは……酷いなあ、シヅキは」

「……そうか？」

「だってもう何にも残ってないわたしに生きろって言うんだもん。酷すぎるよ」

エレーナは泣き笑う。

けれどどうしてか、少しだけ彼女の相貌からは悲壮感のようなものが薄れていた。

「でも、きっとシヅキは優しい人だ。酷すぎるくらい、優しい人間だ」

「なんだそれ」

酷いと言ったり、優しいと言ったり。

……一体何が言いたいのかよく分からなかった。

「……そういうところが、だよ」

改めて言われても、やはりよく分からなかった。


——自由に生きてほしい。

たとえばもし、俺が先生達《みんな》からそんな言葉を言われていたとして。

俺はその言葉通りに生きられただろうかといえば——きっと不可能であっただろうと即答できる。

俺をよく知る人達が誰一人その言葉を使わなかった事実こそがその証左じゃないかと、破顔する。

ある時、ある瞬間、ごっそりと抉《えぐ》れてしまった俺の心を埋めてくれたのが彼らの存在であった。

きっとだからこそ、忘れられないし、離れられないのだろう。

だから恐らく、自由に生きろと仮に言われていたとしても、あの道を俺は進んだ事だろう。

故に、エレーナに向けられたあの言葉は、俺に対してはなんの効力も果たさない。それを見越していたからこそ、先生達《みんな》は『お前は悪くない』という言葉を向けてくれたのだ。

……あぁ、本当に敵わない。

俺が憧れた人達にはやはり、一生勝てる気がしなかった。そしてその感情がどこまでも心地がよくて。気づかせてくれたエレーナに、俺は少しだけ感謝をした。

◆◆◆

「その小娘を逃すのではなかったのか」

「付いてくると言ってきかなかったんだよ」

エレーナとの会話の後。

俺は『氷葬』グリムノーツ・アイザックの下へと向かおうとした。

しかし、エレーナはどうしてか俺に待ったを掛けた。

——わたしも連れていってくれ、と。

俺に向かって『殺してくれ』と懇願した時とは正反対の、強い意志を感じさせる瞳で、そう言葉を紡いだ。だから、俺は勝手にしろと言ってしまったのだろう。

「まぁ、そういう事ならば構わんがの。一応言っておくが、流れ弾で死んでも儂は知らんぞ」

「俺の後ろにいる限り、そんなもんで死なせやしねえよ」

「ふ、はっ、ふははっ、ふはははははっ!!　相変わらず威勢が良い」

遺跡から少し離れた場所で約束通り待っていたグリムノーツは、愉しくて仕方がないとばかりに破顔する。

「時に、この得物は返した方がよいか？」

そう言って、グリムノーツは己の近くに置いていた黒い剣――〝影剣《スパーダ》〟を手にし、それを俺に差し向ける。

「いらない。それよりあの男は」

「通してやったわ。これはそういう意味であったのだろう？」

「……助かる」

「礼はいらん。それに、言ったであろう。儂は強い奴の言葉しか聞かんと。これは儂なりの敬意なのだ。ファイ・ヘンゼ・ディストブルグ。おんしに対する儂なりの、な」

「……そうかよ」

少しだけ、懐かしさを感じた。

グリムノーツ・アイザックという男の在《あ》り方《かた》に、ほんの少しだけ。

力が物を言う世界。そんな場所で敬意を向けられるとすれば、それは間違いなく己が手にする力に対してだ。

実際、俺は数え切れないくらい見てきた。目の前のグリムノーツのような馬鹿を。

何度も諭された。そんな馬鹿なヤツに、戦の流儀だ、なんだかんだを耳にタコが出来る程に。

「恥は、晒せない」

この場では、どんな事があれ恥は晒せない。

トラウムの結界。

ルドルフの遺跡。

俺の映し鏡のようなエレーナ。

俺を命懸けで生かしてくれたヤツの前で、何があっても恥は晒せない。

エレーナに俺の歩んだ道の愚かしさを示す為にも、恥を晒すわけにはいかないのだ。

「なぁ、グリムノーツ・アイザック。これは俺の家族の教えでな。敬意には敬意で返せと、そう言われてるんだ」

「ほ、う？　——であるならば、儂も存分に期待させてもらおう」

「ああ、それでいい」

彼は笑う。

歓喜をあらわにし、顔を綻ばせた。

「は、あ——」

思い切り息を吐く。

獰猛な笑みを見せる相手を見据えながら、深い深い息を吐いた。

「ひと振り決殺。我が心、我が身は常在戦場也」

静謐に、紡ぐ。

「敬意には敬意で応えさせてもらうぞ。グリムノーツ・アイザック」

次いで、腰に下げていた〝影剣《スパーダ》〟を抜き、俺はその切っ尖を地面に突き立てた。

「全ての影は、俺の支配下」

言葉を口にする俺の脳内で、ぐるぐると過去の記憶が巡り、巡る。

ぐるぐる——懐かしい記憶が何度も、何度も、繰り返される。その懐古に、俺は微笑んだ。

これが。これこそが、俺の出した答えであり、在り方であると心の中で叫ぶ。

……相変わらずお前は変わらねえのなと、呆れられると知りながら俺は——

「何もかもを、斬り裂いてくれよ——〝影剣《スパーダ》〟」

第十六話　剣帝と呼ばれた男

ずずず、と這い出るように、彼方此方に点在する影から姿を覗かせる影の——剣。

俺にとって馴染み深い光景。

けれど、少しだけソレは普段と異なっていた。

何がと問われれば——姿を現した剣の形状が全てバラバラであった。

「特別に、とっておきを見せてやるよ」

その言葉を向けた相手は、グリムノーツ・アイザックであり、結界を遺したトラウムであり、遺跡を遺したルドルフであった。

——見てるか？　なぁ。

誰が、とは言わない。それを見てほしいと願う人間は、一人や二人の話ではなかったから。

――やっぱり、俺はどうしたって過去を乗り越える事なんてできないらしい。けれど、乗り越える必要はないと思った。全てを抱え込んで生きればいいと、改めて俺は思ったよ。

それが俺のカタチなのだ。

俺らしさなのだ。

言葉に逃げていると言われようとも、これが俺なのだから仕方がない。どうしようもない。

こんな俺に、どうしようもないくらい優しくしてくれた先生達《みんな》の事が好きだから。忘れられないから。だから、仕方がないのだ。

俺は、屈託のない笑みを浮かべた。

「覚悟しろよ、グリムノーツ・アイザック」

過去を何一つ捨て切れず、馬鹿みたいに全部、全部抱え込んでしまった大馬鹿。

しかしだからこそ――実に俺らしい。

「あんたが向けてくれた敬意への返礼も込めて、全身全霊であんたを斬り伏せてやるからさ」

◆◆◆

「――は、はははッ」「ははッ」「はははは!!!!」「はハはっ、ははハハ‼」「あハハハははははハハッ――――!!!!‼」

断続的に響く狂笑。

発声主は感極《かんきわ》まったとばかりにこれ以上なく破顔し、腹の底から声を轟かせる。

俯瞰に徹しようと離れて待機していたコーエン・ソカッチオだったが、己の視界に映り込んだ無数の剣を〝読んでしまった〟が為に笑わずにはいられなかったのだ。

「成る程。嗚呼、成る程。漸く合点がいったぞ。ファイ・ヘンゼ・ディストブルグ――いや、ここは〝剣帝〟と呼ぶべきか」

あえて、彼はそう言い直す。

「孤独の剣士、故に〝剣帝〟？　馬鹿を言うな。それは本当の答えから一番程遠いものだ」

ファイ・ヘンゼ・ディストブルグの周囲に浮かび上がった無数の剣《つるぎ》。

その一つひとつを〝読んでしまった〟『心読』コーエン・ソカッチオであるからこそ、答えに辿り着けた。

「いいか、ファイ・ヘンゼ・ディストブルグ。お前はな、己が手に掛けてきた剣士の全てを抱え込んでいるのだ。それが無自覚か、自覚した上なのか。それは知らない。だが、責任を持ってその生き様を心に刻み、生きているその在り方こそが、〝剣帝〟として人々の目に映ったのだろうな」

誰が想像できるだろうか。浮かび上がった剣一つひとつ……バラバラの形状の剣一つひとつが、彼が斬り殺した剣士のものであったなどと。

そこには遺志が詰め込まれていた。あるいは、思い出と言ってもいい。

影色の剣一つひとつに、当時の記憶が鮮明に詰め込まれていた。

そしてソレを読んだコーエンは笑わずにはいられなかったのだ。

その記憶が。遺志が。思い出が。

それらが〝剣帝〟が抱く罪悪感によるものであったからこそ、彼は哄笑し続けていた。

「〝剣帝〟とまで称えられた剣士は、誰よりも死に対して疑問を覚えていた……にもかかわらず、剣を振るい、斬り合いという名の殺し合いでのみ認められていた」

それこそが、嘆きの声しか響かない地獄のような世界で称えられた〝剣帝《ファイ》〟の正体であった。

幾億の剣士の魂を、遺志を、殺すという行為に最期まで疑問を覚えてしまっていた彼であるからこそ、その身に刻むしかなかったのだ……忘れようにも忘れられなかった、己の咎《とが》を。

そして抱え込んで、抱え込んで、抱え込んで。

と同時、彼からすれば罪悪感の結果であったとしても、他の剣士からすれば己の存在を忘れずにいてくれる稀有《けう》な存在に他ならない。

だからこそ、誰よりも彼は認められていた。

だからこそ、〝剣帝〟と謳われたのだ。

その、戦った剣士に対する懐の深さは。己という存在を忘れずにいてくれる最上位の剣士に対する敬意は、まさしく王のようであると。

「ああ、ああっ、嗚呼！！！　なんと美しい事か!!　なんと残酷で、美しく哀しい在り方か！！！」

脇目も振らずに叫び散らす。

その歪過ぎる在り方を前に、歴史の探究者たるコーエンは声を上げずにはいられなかった。

感激に身を震わせずにはいられなかった。

「故にッ!!　おれはここに宣言をしよう!　お前は、ファイ・ヘンゼ・ディストブルグは紛れもなく——剣の帝であると!!!」

力を得る為には相応の苦行と代償が必要不可欠である。そして、〝英雄〟などと称えられたような者達は決まって、奇怪な宿業《しゅくごう》を抱え込んで生きていた。

刃を振るう事を罪悪と感じ、ならばとその罪を刻み、肯《がえ》んずる事を続けた彼だからこその終着点……守れなかった人間すらも己が殺したのだと、無意識の深度で思い込んでしまっている。罪を被る道理などない事に対してすら、も。

最早、哀れで愚かしいとしか言いようがない。

「さぁ——見せてもらおうか。お前の剣というものを。この目に刻ませてもらおうか」

——〝剣帝〟と謳われたその実力、しかと見届けさせてもらおう。そう心の中で言葉を零した後、次いでコーエンは、帝国最強と己が呼んだ人物に意識を向ける。

その〝剣帝《男》〟ならば、お前の欲求を満たしてくれるかもな。そう言葉を零しながら。

「……本当にこれだから。これだから、歴史の探究はやめられない」

——〝影屍凱旋《スパーダ》〟

これ以上なく感情の込められたその言葉が告げられたのは、コーエンの呟きの直後であった。

◆◆◆

「……にしても、さァ。ちっとばかし、アンタ強過ぎねェ？」

ぜぇ、ぜぇと呼気を漏らしながら男は弱音を吐く。

『逆凪』と呼ばれる〝英雄〟――レヴィは、己が敵を見据えながら顔を引きつらせていた。

「……クソがァ。嫌な予感が見事に的中してやがんじゃねェの。〝英雄〟なんか目じゃない。その武、下手すりゃ『氷葬』まで届くよなァ……あぁ、クソ。本当にツイてねェ」

「強いだなんだと、か弱い乙女に対して随分な言い草ですねぇ」

「どこがか弱いのか教えてもらってもいいかなァ……？」

「そりゃあ、私はシヅキの次に弱い人間でしたもん。上から数えて七人中六番目。それを弱いと言い表さずしてなんと言えと言うんです。私が強いんじゃない。貴方が弱過ぎるんですよ――〝英雄〟さん」

「く、はッ、言うねェ！！！」

直後、大地を蹴る音すら残さずにレヴィの姿が掻き消える。

〝英雄〟――『逆凪』。

彼は風を扱う〝英雄〟であった。

武器として。己に纏わせ機動力として。多彩な応用が効く能力。さぞ使い勝手の良い事だろう。

しかし、所詮はその程度でしかないのだ。

「――はぁ」

威勢良く叫び散らすレヴィの相手をしていた女性――ラティファは、煩わしそうに溜息を一つ。

「だから、貴方程度じゃどうやっても私には勝てないって親切に教えてあげてるのに、な、ぁっ」

発言の途中にもかかわらず、ラティファは突《とつ》として振り返り、何もない場所へ目掛けて剣を振るう。するとどうしてか、甲高い衝撃音と共に苛立ちの声が上がった。

「だ、からさァッ！！！　アンタなんで僕の居場所が分かるんだよ！！！」

「ただ速いだけだけじゃないですか。だったら、たとえ目で追えなくとも百発百中で居場所なんて分かっちゃいますよ？」

「……ったく、さァ……ほんっとこれだから戦いは好きになれないんだよねェ……」

理不尽の体現者たる者達にはどう足掻こうとも勝てない。そう知る故に彼は弱音を口にする。

「……とは、いえ」

何とも浮かなげな表情を貼り付けたまま、レヴィはだらりと頭を垂らす。

『『氷葬』が来るまでと思えばまぁ——」

彼の言葉が最後まで紡がれる事はなかった。

その理由は、大地が明らかに不自然な揺れを見せたから。ずしん、と大きく揺れ、遠く離れた地にまでその衝撃音が轟いたから。

「——んぁ？」

レヴィは思わず顔を上げて音の響いた方角に目を向ける。

そこには、得体の知れない何かが無数に浮遊していた。真っ黒で、細長い何か。

あれは——剣、だろうか。

「おいおいおい、僕はあんなん知らねェんだけどな……一体誰の能力だァ……？」

「――でん、か」

レヴィの驚愕に対する答えを持っていたフェリは、その使用者を慮《おもんばか》るように呟く。

「でんかァ？　……殿下って、じゃああれは――」

ファイ・ヘンゼ・ディストブルグの仕業なのか、とレヴィが尋ねようとするも、それは遮られてしまう。

それまでとは比較にならない程の音と威力を伴った落雷によって。

「余所見は厳禁、ですよ？」

歪な笑みを浮かべて、ラティファァが言う。

「でもまあ、別にもう構いませんけどね……ちょっとした予定が出来ました」

「予定ェ？」

「はい……〝影剣《スパーダ》〟で昔の私の剣まで浮かばせる馬鹿の顔を見に行く予定が、ね」

もうこの遊びもおしまいだ。と彼女は言う。

「だからちょっとだけ」

全身の神経が研ぎ澄まされる。

来る。

そう確信したレヴィは、ラティファァの余裕の態度を一変させんと試みるべく構えたのだが――

「――本気出しますね？」

「あ？」

一瞬。能力も何も使っていないというのに、一瞬で距離を詰められ、思わず呆けてしまう。

警戒はしていた。していたというのに、気づいた時には既に拳は引き絞られていて。

「能力に頼り、能力だけを警戒する。だから貴方は弱いんですよ」

「ぐ、ぎッ」

ミシリ。メキリ。

骨が悲鳴を上げるのもお構いなしに、ラティファの拳がレヴィの腹部にめり込んだ。

防御や回避をする暇すら存在していない。紛れもなくそれは直撃であった。

そして拳が振り抜かれると同時に吹き飛ばされたレヴィは、まるでボールのように大地の上を跳ね、砂礫を巻き込んで遠ざかってゆく。

しかし、攻撃はまだ終わらない。

「貫き穿て――〝雷撃《フォルゴーレ》〟」

迸るは、無数の雷撃。

視認する速度を優に上回るそれは、眼前に広がる光景に容赦なく穴を開けていく。

「――〝アウライの天翼《フリューゲル》〟ッ!!!」

しかし、雷撃がレヴィに届く事はなかった。その理由は、視覚化する程の風の集合体によって形成された翼によって回避されたから。

「んー……割と本気で殴ったんですけどねえ」

「……だろう、ねェ……お陰様で一瞬意識がぶっ飛んでたよ」

顔面蒼白のレヴィは、荒れに荒れた呼吸を整えながら口元にべっとりと張り付いた血を拭う。

「ま、貴方がシヅキの障害になるとは思えませんけど……殺《ヤ》れる時に殺《ヤ》っておく。私達はそれを骨の髄まで教え込まれちゃってて。だから」

ディストブルグの敵である帝国。そこの〝英雄〟である貴方は——ここで退場です。

そう、ラティファは言い放つ。

「……ほんっと、僕は戦う事が苦手だって散々言ってんのにさァ、どうしてこうなるかねェ——!!」

第十七話　ナレノハテ

『——掛け値なしでクソみてぇに気持ち悪りぃ。テメェの剣はよ』

俺の聴覚に混ざり込む男の声。

それはずっと昔に俺が斬り殺した男の声——幻聴であった。

『……色んな奴の剣技が混じり込んでやがんのさ。それも十や百じゃ利かねえ……数えるのも億劫《おっくう》だ。なぁ、〝剣帝〟。テメェ、一体何人斬り殺してきたんだよ。クはハ、ハハハハ……っ』

頭に布を巻いた男は、対峙する過去の俺に向けて獰猛に笑んでみせる。

『……〝剣帝〟か』

『おぉ？　不満なのかよこの野郎。だが諦めろ。テメェはどうしようもなく〝剣帝〟だ。言い訳も目を逸らす事も許さねえ。何度でも言ってやる。テメェは〝剣帝〟だ。テメェに喧嘩《けんか》ふっかけて無様に斬られた俺が言うんだ──間違いねえよ』

〝剣帝〟。

……気づけば、俺はそんな名前で呼ばれていた。

勝手につけられ、勝手に呼ばれて。

言わずもがな、名づけの由来なんてものを知る由はない。その上、そんな大層な名で呼ぶなと言うと、決まって目の前の男のように否定される。

こんなやり取りが、もう何回目だろうか。

『…………』

『かぁーっ。この俺がこうして認めてやってんのに、そりゃねぇぜ。剛毅《ごうき》な答えの一つや二つ、返す気骨《きこつ》がテメェにはねぇのかよ。〝剣帝〟の名が泣くぜ？』

『だから、俺はそう名乗った覚えも〝剣帝〟とやらになったつもりも、一度とてない。あんたらが勝手に呼んでるだけだ』

『クは、ははははは！！！！　そりゃ残念だなァ‼　テメェにその気がなくとも、テメェはどこまでも〝剣帝〟なのさ。いい加減諦めやがれ。ンな、人を斬りたくねぇみてぇなツラ引っ提げていても何も変わらねえ。それどころかその在り方こそが、テメェを〝剣帝〟たらしめる所以《ゆえん》なんだぜ？』

『──』

『驚く必要がどこにあるよ？　俺とテメェは剣を交わしたんだ。それくれぇ分かんねえと、剣士と名乗れねえだろうがよ。えぇ⁉』

誰もが言う。

誰もが、そう指摘をする……もう、慣れた。

『とはいえ、だからこそ、俺は救われるんだがな。テメェのお陰で、誰よりも、剣士故に俺は救われる』

『……結局あんたは何が言いたいんだよ』

『人が親切に教えてやってんだ。勝者は大人しく聞いとけよ。テメェが〝剣帝〟と呼ばれる理由、ンでテメェの剣がどこまで気持ち悪りぃか語ってやるからよォ』

血の気《け》が失せて尚精悍《せいかん》さを損わない風貌に愉しげな色を乗せて、男はまだ語る。

『一級品の剣士のくせして斬る事を拒むようなテメェだからこそ、忘れられねぇんだろうなァ……何をだ？　決まってんだろ。敵を斬り殺した瞬間ってやつをだよ。どこまでも、その記憶が深く刻み込まれてんのさ。お陰でテメェの剣には、馬鹿みてえに他の奴らの人生《剣》が混じり込んでやがる。ほんっと、クソみてぇに気持ちが悪りぃ。く、　ははは っ』

心底、愉しそうに男は笑っていた。

俺という存在が面白くて仕方がないとばかりに、口角を曲げて嗤っていた。

『極め付けにだ、テメェ自身は斬りたくねぇって思ってんのに、〝剣帝〟の剣はその思考が根幹となって支えてやがる。その理由は、斬り殺した事に後悔すればする程忘れられなくなってるからだ。

そしてその記憶がテメェの心に刻まれると同時、無意識にそいつの剣技までもを己の中に刻み込んじまってんのさ――まぁ、一種の天才ってやつだ。と言っても、テメェが望んで得たものじゃねえんだろうがなァ!? まったく、その思考は理解できねえが、羨ましい限りだ』

『……よく喋る奴だな』

『あったりめぇだ。これは俺なりのテメェへの賛辞であり、与えられる最大限の報酬なんだからなァ。勝者が答えを知りたがっている。ならば敗者は大人しくそれに答える。それが摂理ってもんだ――まぁ、長えと言われちまったし、話もここらで終わりにしとくか。さァ、てと』

仰向けの状態で話していた男はそう言って立ち上がる。

身体は数本もの〝影剣《スパーダ》〟に刺し貫かれており、どでかい風穴が腹部に空いていた。右足はおかしな方向に曲がっており、右腕があった場所に至っては空虚に千切れた袖《そで》だけがはためいている。

……男は残った左腕で力任せに右足を正常へと戻し、バキリと痛々しい音を響かせる。

それでいて、苦悶の声一つ上げないどころか、変わらず心底愉しそうに微笑んでいた。

『……あんた、まだやるのか』

『オイオイオイ、この程度で俺が終わるわけねえだろ。それとも何か、頭がイカレでもしたか？』

この世界の剣士は、どいつもこいつもこんな奴ばかり。身体が動くならば、肢体の欠損など微々《びび》たる損傷でしかないと決め付けている。

そして誰もが、心の臓が完全に鼓動を止めるまで剣を振り続けるのだ。それが常識であると言わんばかりに。

『目が死のうが耳が死のうが手を失おうが風穴が開こうが足が折れようが――たかだかその程度で、どうして俺が極上の獲物を前にしてくたばらねえといけねえよッ⁉　確かにテメェが勝者だ！　勝てねえと心のどっかでもう俺は諦めちまってる‼　だがなァ⁉　負け方までまだ決まったわけじゃねえだろうがよ？　散々斬り殺してきた連中から聞かなかったのか、えぇ⁉　剣士ってもんは、戦うって意地を貫けなくなった時、漸く初めて負けるって事をよォ――ッ！！』

威勢よく叫び散らし、男は弾けたように俺へと肉薄。

『うんと深く心に刻んでくれよ⁉　俺という剣士の存在をテメェの中に！！！　そしてテメェの剣の糧《かて》にしやがれ！！！　それが俺を楽しませてくれた礼だ！！！　だから遠慮なく受け取れよ――なァ！　〝剣帝〟ッ！！！』

◆◆◆

そんな遠く昔の出来事を懐かしみながら俺は、

――〝影屍凱旋《スパーダ》〟

想いを込めて、言葉を紡ぐ。

未だに剣士であろうとするならば、せめて斬り殺してきた連中に恥じない行いをする義務があると、己に言い聞かせて。

「無数の、剣！！！　ふははハハハ‼　良い。良いぞ。実に良い！！！　成る程、あの時おんしが儂に忠告をしてきた理由はそれであったか。己も同じ系統であったが為、に！」

負けじとグリムノーツも、遺跡の中で相対した時と同様、〝雹葬飛雨〟と呟いて氷を周囲に浮かばせる。

そして、不揃いな漆黒の剣と、〝雹葬飛雨〟と呼んだ氷柱が圧倒的な物量を以て天を覆い尽くす。

それはまるで幻想風景であった。

剣士としての最大限の礼儀。

……分かってる。分かってるさ。

そう、心の中で何度も何度も頷いた。

「……俺の能力とあんたの能力は似てたからな。だけどその実、あんたの氷と〝影剣《スパーダ》〟は決定的に違ってるんだけどな」

「ほ、ぅ？」

「あんたの目に、〝影屍凱旋《これ》〟はどう映るよ？」

グリムノーツが、浮かばせた不揃いの〝影剣《スパーダ》〟に視線をやる。

程なくして答えがやってきた。何を当たり前の事を、とその声は不思議がっていた。

「……剣、であろう？」

「そうであるし、そうじゃないとも言える。俺にとって〝影屍凱旋《これ》〟は思い出であり、託された遺志であり、罪であり――……言ってしまえば墓標なんだ」

果てしなく広がる無数の剣。

不揃いな剣、その全てに俺は見覚えがあった。

それらは、俺だけは何があろうと忘れてはならない記憶《もの》であった。

グリムノーツは尋常な戦いを求めているのか、未だ仕掛けてはこない。

俺は徐に虚空に手を翳《かざ》し、声を発する。

「借りるよ、トラウム」

翳した手に、剣が握られた。

装飾のない無骨な剣。

血統能力の幻術を主な武器としていた男が、幻術が破られた時の為にと必死で鍛え上げていた剣技。常にその側にあったひと振りの剣を、俺は手にした。

直後。

俺の足下に広がっていた影と、手にした剣から黒い何かが噴き上がり、俺の身体に纏わり付く。

ミシリ、バキリと壊音を響かせて、身体が作り変えられていく。

——〝影剣《スパーダ》〟による身体能力の向上。

どうやら、トラウムの剣《これ》を扱うには今の俺の身体は貧弱すぎるらしい。

そりゃそうだ。この剣の本来の持ち主——トラウムといえば、俺をからかってばかりの巫山戯た男であったがそれでも、幻術含む戦闘技能《血統技能》は俺の遠く及ばない頂《いただき》に至っていた人物であったから。

「——!!」

その変化に、グリムノーツは目を見開いていた。歓喜に、身を震わせていた。

グリムノーツが真に戦闘狂であるならば、願ってもない状況だろう。

「敬意で応えると言ったが、これは所詮猿真似。本来の使い手と比べるまでもなく劣化極まりない模倣だ。けれど」

だとしても。

「気を抜いてくれるなよ。ここから先、俺があんたに見せる剣技全てが、最後まで俺を軽くあしらってくれた人達のものだからさ」

「ふはっ、ならば儂は、それが大言壮語でない事を祈るばかりよ」

「そうかよ。そりゃ、良かった」

——すぐに終わると、俺にとってもつまらねえからさ。

そして、

「——ッ‼　む、ッ」

突き刺すように放った俺の殺意を始動の合図と捉えたグリムノーツが、手にする氷の槍を構えた。

その反応に称賛を抱くも、しかし今回ばかりはそれも無意味でしかない。

「残念ながら、これを防ぐのは初見じゃまず無理だ」

ひと息で距離を詰めた俺は、かつて己がその剣技の前でされるがままとなった忌々しい過去を思い返しながら、そう呟く。それは傲《おご》りでも、虚言でもなく、心の底からの本音。

俺がトラウムという男に勝てないと思ってしまった所以こそが、彼の出鱈目《でたらめ》さにあった。

幻術という反則染みた血統技能を扱うトラウムは、人を食ったような態度を貫く割にその実、誰よりも努力家であり、その努力を以て己の剣技を幻術レベルにまで引き上げていた。

たったひと振りの攻撃を、あたかも二撃あるかのように見せる神速の剣撃。そんな曲芸染みた剣技と己の幻術を重ね、何が幻術で何が現実かと困惑させる、必中の一撃を編み出した。

「――重ね斬撃」

「こ、これは……！」

剣線は既に軌跡を描いた。

斬撃はもう――二度放たれている。

だがしかし。

手に伝わった肉を斬り裂く感触は一度限り。

初見にかかわらず一撃は避け切ったのかと俺が驚嘆する最中、グリムノーツは地面を蹴って俺の背後へと一瞬で回り込む。

次いで、氷槍を容赦なく突き出す。それを俺は身体を右に捻る事で躱し、その旋回する勢いも利用して再び――重ね斬撃を放つ。

「ふ、はッ!! 奇妙な魔法を使うと思えば……なに、それは自前《技》であったか！！！」

「あんたに喋ってる暇があんのかよ」

また一度。

グリムノーツの身体に剣線が刻まれる。

どこからどう見ても振った動作は一度。だというのに、生まれるのは二つの斬撃。

響く。響く。剣撃は鳴り止まぬ。

円弧の軌跡しか視界に残さない、神速の剣撃。争い、戦い、その果てに辿り着いたトラウムの成れの果て——それを見て、学んで、盗んで、勝手に模倣しただけの猿真似。

なれど、それであってもグリムノーツは心震わせていた。

そんな出鱈目な技を使えるのかと、破顔してくれていた。

「暇？　あるともッ！！　かような機会に心震わせ叫ばずしていつ叫ぶッ⁉　儂と真っ向から打ち合ってくれる敵が目の前におる‼　この昂揚《こうよう》を言い表さなければ、死んでも死に切れんわ！！！」

わなわなと身体を震わせるグリムノーツ。

それは、武者震《むしゃぶる》いであった。

歓喜の表れであった。

「そう、かよ」

獰猛に笑むグリムノーツに、俺もまた笑う。

無理矢理に作った笑みではない、自然な笑みを。

右。左。

狙いを定めさせないとばかりに、巨体に見合わぬ敏捷さを以てグリムノーツは移動を繰り返す。

そして、

「ふ、ん——ッ」

虚空に舞う土塊。

吹きすさぶ人工の風。

タイミングを見計らい、グリムノーツが足に力を込めて肉薄をしたのと、俺がトラウムの剣を手放したのはほぼ同時。

手放した瞬間に己の影へと溶け込む剣に一瞥すらくれてやる事なく、俺はまた新たな名を呼ぶ。

「――ルドルフ」

今度手に握られたのは、俺の身体とさして変わりない大きさの大剣。

かつて相対した〝英雄〟――『幻影遊戯』イディス・ファリザードが手にしていた大剣よりも更にひと回り大きいそれは、ルドルフが好んで扱っていた得物であった。

直後、にぃと愉悦に唇を歪ませるグリムノーツの相貌が視界に映り込む。

その顔は、おんしは真っ向から力で儂に応えてくれるのか、と言っていて。

そしてまるで棒高跳びのように石突を大地へと思い切り叩きつけ、虚空に身体を躍らせる。

その巨体でそんな真似ができるのかと目を見開く俺に、そんな余裕はありはしないだろうとばかりにやってくる攻撃。

同時、浮かんでいた〝氷柱《雹葬》〟までもが一斉に牙を剥いた。

「く、はっ」

相好を崩しつつ俺は、両の手で大剣を力強く握りしめ、数瞬先に襲いくる一撃に備え、唱える。

「……眼前全て、悉くを蹴散らしてくれよ――〝影屍凱旋《スパーダ》〟」

第十八話　ヴィンツェンツ

――剣。大剣。双剣……槍に、拳。忙《せわ》しなく得物を変え、巨漢の男と楽しげに切り結ぶファイ。

その姿を眺めながら、二人の女性が歩みを進めていた。助けに向かおうとしない理由は、向かったところで邪魔にしかならないと悟っているからなのだろう。

「……殿下」

そのうちの一人、フェリは、なんでそんな様々な得物をさも当然のように扱えるのだと眉根を寄せている。

「……まぁ、あれだけ毎日見てたら扱えるようにもなりますか」

対照的に、もう一人の女性、ラティファの声はどこか呆れを含んでいた。

そして、フェリの視線が遠くのファイから、己の隣のラティファへと向く。

「……それで、何がどうなっているのか。教えて頂けるんですよね――ラティファ」

「そう、ですねえ。何から話したものか……」

そう言ってラティファは苦笑いを浮かべた。

少し前、〝英雄〟『逆凪』を相手取り、一方的に打ち倒してみせた彼女は、一体どういう事だと詰め寄るフェリの視線に対し、「歩きながら話します」と観念する。

……いや、観念というより、元々話すつもりだったというのが正解であった。

これから〝異形〟を相手取るならば、今までのように隠し通すより、もう打ち明けた方が都合が良いと、既にラティファの中の天秤は傾いていた。

「……有《あ》り体《てい》に言えば、私とシヅキは転生者なんです。ずっと昔のこの世界で生きていた人間。それが、私とシヅキの正体です」

「転生者、ですか」

「……はい」

常人であれば到底信じる事のできない言葉。なれど、ラティファは己らが一体何者であるかと問われた時、それ以外に答えようがなかった。そしてその言葉に対して返ってきた答えは、

「そうでしたか」

ひどく淡白なものであった。

それは、既に予想はできていた、そう言わんばかりで。

「……転生者。何故だか妙に納得してしまいますね」

「シヅキは私と違って全く隠し切れてませんでしたからねえ」

アフィリスでのきっかけがあろうとなかろうと。あそこまで露骨に剣を嫌悪し、その上、呆れる程の自虐癖。何か訳ありである事は、誰もに露見していた事だろう。

ダメ押しに、この世界で〝英雄〟と呼ばれ称えられる存在を蹴散らす武を見せてしまった。

……本当に、相変わらずシヅキは分かり易すぎるんだよ、とラティファは心の中で咎める。

「私とシヅキはかつて共に旅をし、同じ男を師と仰いだ……そんな仲でした。だから、私は近くで見守ろうと思った。出来の悪い弟のようなシヅキを、一番近くで」

だから、ファイの側仕えをしていたのだと。

彼の兄であるシュテンに近寄ってまでそれを敢行したのだと、彼女は言う。

「そしてそれをこれから先も貫くつもりでいましたが……そうも言ってられなくなった」

故にラティファはここにいる。

故に彼女はこうしてしゃしゃり出てきたのだ。

「つい最近、亡くなられた騎士さん……彼にこんなものを託されまして」

そう言ってラティファは、服の内側から小さな巾着の袋を取り出す。

中身は——帝国の手先としてファイに襲い掛かった騎士の死に際に、『あんたしかいねえ』と託された〝黒の丸薬〟。

彼女の師が〝魔剤〟と呼んでいた、忌々しい過去の遺物であった。

「それ、は」

「薬です。化け物になれる、最悪の薬です……この薬のお陰で漸く、どうして私とシヅキがこの世界にいるのか、その疑問が解消できました」

己が嫌悪し続けていたものが手掛かりとなったのだから、皮肉と言う他ない。

「全ては、私とシヅキの師——ヴィンツェンツの仕業だったんです。まず間違いなくあいつが私達をこの時代に送り込んだんでしょうね……〝異形〟が再び姿を現したこの時代に」

「……そんな真似ができるものなのですか？」

フェリは信じられないと目を見開いていた。過去から未来へ人を送り込むなど。

「……それができてしまうと思わせられるだけの力を持った規格外が唯一、あの時代にはいました。〝時間遡行〟だなんて馬鹿げた能力を持っていたヴィンツェンツ《あいつ》なら、きっとこんな真似も可能だったんです……そう考えると、全てに合点がいくんです」

この世界において、〝英雄〟という存在は天災と同等の意味を持つ。国同士の闘争であれ、彼らが一人いるかいないかで、戦況はいともたやすく一方に傾く。

つい先ほど、そんな〝英雄〟の一人を一方的に打ち倒したのがラティファである。その彼女をして規格外と言い表す師の存在。

頭がいくら否定しようとも、あり得ないと言うのが憚られ、フェリは口を真一文字に引き結んだ。

「……どこまでもお人好しな性格だから、こうして死んで尚、節介を焼こうとする」

ラティファの脳裏には、自分よりもずっと強かった前世の仲間達の名前が浮かんでいた。

しかし、彼らはいない。

この世界のどこにもいないのだ。

……それはきっと、先生達《あいつら》の節介故《我儘》に。

『大人の僕達が不甲斐ないせいで、子供のシヅキや、ティアラを巻き込んでしまった』

いつだったか、ヴィンツェンツが漏らしていた言葉。

『贖罪はいつか必ずさせてもらう。たとえ、僕が死んだとしても、それだけは果たすと誓おう』

その償いとやらが、きっと転生《これ》なのだ。

『その上で、どうか僕を恨んでほしい。何もかもを押し付けてしまう僕に、呪いあれと』

恨んでくれと言っていた理由が、きっとこれなのだろう。

意図的なのか、どうしようもなく避けられない未来だったのか。それはもう知りようがない。

「お人好し、ですか……それはきっと、殿下のような方なのでしょうね」

「そうですねえ……シヅキのあの性格はヴィンツェンツのそれによく似てる。自虐癖も、何もかも。似ないでいいところまで見事に似てしまいましたからねえ」

それだけ好きで、憧れていたという事なのだろう……その感情は実に、シヅキらしかった。

「……それで、ラティファはこれからどうするつもりなのですか」

「手出しは無用でしょうし、趨勢《すうせい》を見守ろうかと」

即答であった。

心配であると散々口吻《こうふん》を洩らしていたにもかかわらず、彼女は逡巡なくフェリが想定していた言葉とは異なる発言をする。

「力に溺れ、驕《おご》っているのなら話は別ですが、あの様子だといらぬ心配というものですよ」

「……あれで、ですか」

フェリの目には、様々な得物を使い分ける剣士の姿が映っていた。

そこらの人間とは比較にならぬ時を生きているフェリをして、驚嘆に値する程のもの。

しかし、剣士としての彼女はこう訴えかけていた。

己の剣技をあえてひけらかすあの行為は、正しく驕りでないのかと。

「あんな剣嫌いでも、剣士として生きた人間です。敬意の払い方くらい、分かっているはずですから」

何より、ファイ・ヘンゼ・ディストブルグは間違っても、己が剣士として認めた相手に対して侮辱的行為をするような人間ではない。

彼《あれ》は、どこまでも愚直で、優しくて……先生達《あいつら》からずっと剣士としての生き方を教えられていた人間だ。

「……私の予想が正しいならば、シヅキは真似をするつもりなんですよ。己の師の、真似を。それが自分に見せる事のできる最大限の返礼と信じて疑っていないから。シヅキにとってはヴィンツェンツという存在がどこまでも頂に映っているから」

0から100へといきなりギアを上げる事は不可能である。

しかし、0から10、20、30と、段階を踏んでギアを上げていけば、最後に100へ辿り着く。

今のファイは、そんなギア上げを行なっているのだ。

……もし、己らの技術がギア上げの段階踏みに利用されていると知ったなら、トラウムあたりはブチギレるだろうなぁと、人知れずラティファァは笑いを噛み殺した。

「とはいえ、見せたいという気持ちはあるんでしょうね。なにせここは」

——トラウムの幻術に覆われた場所であるから。

そう、ラティファァは彼の癖が色濃く滲み出た結界を目にした瞬間に分かってしまっていた。

とどのつまり彼は、俺は先生達《みんな》にここまで追いついたのだと見せつけたいのだ。褒められたいのだ。

そういう純粋さがあったからこそ、誰からも気遣われていた。そしてそれを知るラティファだからこそ、無邪気にありったけの手の内を晒すような真似を敢行している今のファイの行動を責め立てる事はできなかった。それどころか、見守ろうなんて考えすら浮かび上がっている。

思わず彼女は苦笑していた。

「さてと」

歩き続ける彼女達の視界に映り込む新たな人影。

生い茂る木々を背景にして佇むサングラスを掛けた男――コーエン・ソカッチオは、両手を上げながら不気味に笑んでいた。

「もうひと仕事、しておきますかねえ」

ラティファが視線の焦点をコーエンへと合わせる。

そして、喉を震わせる。

「これは貴方が？」

「ああ、そうだとも」

倒れ伏す軍服の男達が目算で十数人。

身体を震わせながら呻く様子が見受けられ、息の根までは止めていない事が明らかであった。

「……一応聞きますけど、仲間割れですか？」

彼女の知己やディストブルグの人間の中に、コーエンのような者はいない。つまり彼は帝国の人間なのだろうとラティファは判断したし、フェリもそれに口を挟まない。

何より、コーエンに痛めつけられた軍服の男達の様子は到底演技とは思えない。

「いいや、違う。これはおれなりのケジメさ。ファイ・ヘンゼ・ディストブルグに取引を持ち掛けておきながら試すような真似をした事への、な」

「シヅキに対して、ですか？」

「ああ。だからおれは、あいつの味方であるお前達に敵対する意思はない。『逆凪』を無傷で屠る怪物を相手取る程、帝国に義理立てする理由がおれにはないからな」

「それを馬鹿正直に信じろと？」

「そうだ。お前はおれの言を信じる他に選択肢は用意されていない。なぁ——ティアラとやら？」

転瞬、ぴしりと大気に亀裂が走る音が幻聴され、ラティファから表情がふっ、と消え失せた。

「ティアラ……？」

「……昔の私の名前です」

疑問を口にするフェリに対し、ラティファが即答。

ティアラという人間を知っている者は、この世にファイただ一人。であるならばファイがコーエンにその事実を教えた以外考えられないのだが、その選択肢は根本的にあり得ない。

何故ならば、ファイ自身がラティファはティアラであるという事実を認識していないから。

「……その名前、一体どこで知りました？」

「……ハ、ははは ッ、良い殺意だ。久しぶりに人を怖いと思えたよ。心が読めると先が分かって、楽しくなくてな」

心を、思考を読めば全てが視えてしまう。知っている事象にどうして驚けようか。臆せようか。

今回も、コーエンは知っていた。こうして殺意を向けられる事を。しかし、それでも怯えてしまった。その強大さに。故に、痛快だとばかりに口角を歪めたのだ。

「心が読める……あぁ、レゼネアと同系統ですか」

驚きは薄い。何故ならばかつて、心や記憶、思考どころか数瞬先の未来まで視る事ができた男を、彼女は知っていたから。

「理解が速くて助かる……おれにこの能力があったからこそ、ファイ・ヘンゼ・ディストブルグに取引を持ちかける事ができた」

情報とは武器だ。

何もかもを視る事ができたレゼネアの存在があの時代でどこまで大きかったか、それを知らないラティファァではない。だからこそ、立ちのぼらせていた殺気が鎮静化していく。

向けられた言葉を聞く限り、即座に殺すべきではないと判断をしたから。

「取引の内容は――ファイ・ヘンゼ・ディストブルグが〝異形〟と呼んでいた化け物、その製作者の名前の開示だ」

「……成る程」

ファイらしいと、ラティファァは思う。

先生達《みんな》が死んで逝く中、彼に残されたものは〝異形〟の根絶ただ一つ。

だからこそ、彼が〝異形〟にこだわり続けるのも無理はないと言えた。

そしてラティファもまた、〝異形〟という存在にこだわっている。

「分かりました。貴方の事はシヅキが来るまで保留とします」

「……ラティファ」

本当に良いのかとフェリが問う。

危険度でいえば、コーエンは高い位置に存在している。擦り傷一つ受けずに十数の兵士を一方的に無力化でき、その上、能力は心を読むときた。

「大丈夫です、メイド長。私の経験則から考えるに、こういう人間の大概が生に対してがめつい……今ここで私やメイド長、シヅキを敵に回しはしないでしょう」

それに。

「なにより、この程度ならひと息で殺せます」

「く、はハ……まったく、怖いったらありゃしないな」

「この程度で怖がる事ができる貴方は、間違いなく幸せ者ですよ」

——本当に、あの時代には化け物しかいなかったから。

先程は怪物と呼ばれたラティファですら、あの時代に跋扈した化け物の前では身体を震わせて怯える事しかできなかった。

そんな化け物共が死に物狂いで剣を振ってくるのだ。手をもがれようが、どでかい風穴を開けられようが、脈動が完全に停止するその時まで。

ヴィンツェンツが『畜生に堕ちなければ生きていけない』と宣った世界は、それ程までに厳しいものであった。

「良い機会ですし、貴方も見たらどうですか」

そして、ラティファとシヅキが化け物と呼んでいたトラウムやレゼネア、ルドルフらが口を揃えて化け物と呼んでいた、正真正銘規格外の化け物——ヴィンツェンツ。

そんな彼の真似をするべく、グリムノーツと剣を交わし続けるファイにまた視線を向け直し、彼女は言った。

「きっと、面白いものが見れますよ」

第十九話　誇れる道を歩んで、殉じて

誇れる生き方とは、果たして一体どんなものなのだろうか。ずしりと肩にのし掛かる遺志《重さ》に顔を歪ませながら、悩み抜いた期間は幾星霜《いくせいそう》。

けれど、悩み抜いた果てに辿り着いた答えですらも、どこか判然としなかった。

——生きて。

俺を守り、それだけを告げて死んで逝った母がいた。耳には啜り泣く声が。鼻には人が焼け焦げた不快な臭いがこびりつき、未だに時折思い起こされる。

これは咎だ。ただ守られるだけの対象でしかなかった俺の咎。

……生きてと、そう言われた。

だから生きようと思った。

限界まで生き抜き、最期の最期まで生かしてくれた母に恥じない生を歩もうと、誓った。

それが、始まりだった。

――生き抜いた果てに、答えがある。

俺に生きる術を教えてくれた死にたがりの剣士がいた。唯一、俺の思考に共感してくれた人。

……けれど、大恩ある彼に報いる事は終ぞできなかった。

鍛錬の最中に「僕を殺してみせろ」などと本心から言う人に報いる方法はきっと、俺の手で楽にしてやる事であると思っていた。でも、そんな彼は〝黒の行商〟に立ち向かい、真っ当な死をありがとうと言って、迫る黒い太陽から俺を守って死んで逝った。

だから、せめて彼に誇れる生き方をしようと決めた。彼――先生に教えてもらった剣と共に生き抜くと誓った。己の限界がやってくるその瞬間まで。

――俺の剣に斬れねえもんはねえ。

そう言い張れと半ば強制的に俺に誓わせた理不尽な男がいた。そいつは好んで煙管《キセル》を吹かすヤツであった。彼の血統技能である幻術を扱う上で都合が良いからと、よく口にしていた。

……蓋を開けてみれば、その煙管《キセル》は特殊な薬物であり、寿命を削る代わりに己の血統技能の効果を増幅させるものであると、彼――トラウムの死後、先生から聞かされた。

ずっと昔の戦闘にて臓器の一部と右手右足を失った彼は、死ぬ間際に先生と出会い、その煙管《薬物》を渡された。幻術の能力を増幅させる事で強引に失った肢体の一部を創り出し、延命していたらしい。

そして致命傷を負った理由こそが、当時の彼の自信のなさが招いたものであり、それ故にしつこく俺に対して「自信を持て」と言っていたのだと、彼が死んでから漸く理解した。

だから俺は、〝影剣《スパーダ》〟に斬れないものはないと謳うと決めた。

彼らと共に振るってきた剣に敗北は許されないと心に刻み、研鑽《けんさん》を重ねる事にした。先生達《みんな》を除いた誰にも俺は負けないと、そう誓った。

――俺は遺してぇんだよ！！！　この出来事を!!

どこまでも歴史にこだわりを見せる煩い奴がいた。そいつは〝理想世界《エスペラント》〟という無機物に命を吹き込むだなんて馬鹿げた血統技能を持った男であった。

こんな壊れた世界があって堪るものか。

そう言ってひたすらあの世界を否定し続けた酔狂なヤツ。たった一人の慟哭で変わるわけもないのに、最期まで否定し続け、俺なんかの為に死んだ正真正銘の馬鹿。

蠢く数千もの〝異形〟をたった一人で殲滅してみせた男——ルドルフは、最後の一滴まで〝異形〟の駆逐に心血を注ぎ、血反吐を吐いて死んで逝った。

シヅキだけは何があっても死なせるわけにはいかねえ。

その末期の言葉は、今もなお鮮明に思い出せる。

だから俺は残らず殺し尽くすと、誓ったのだ。

たとえシヅキであろうとなかろうと、俺が俺である限り、〝異形〟は殺し尽くす。それは揺るぎない決意だった。


——頼むからおれのようにはなってくれるなよ。


血統技能の酷使により、感情を失った男がいた。泣く事も、笑う事もできなくなった彼——レゼネアは、よく俺に向かって言っていた。

「力がなければ、何も救えない」と。

〝異形〟含む全てを救おうとした彼の言葉はどこまでも重くて、どこまでも正しかった。

力がなかったから、俺は誰一人として救えなかった。助けられなかった。

だから、俺は強くなろうと思った。

もう誰一人として失わないで済むようにと。せめて、俺が守る側でいられますようにと。そう、誓った。

けれどそう誓った時。

既に、俺の側には誰もいなかった。


――シヅキは弱いから、あたしが守ってあげる。


そう言って、本当に俺を守って死んで逝った少女がいた。喧嘩ばかりの毎日であったのに、気づけば打ち解けていて。仲良くなっていて。一緒に先生から教えを受ける事になっていて。

「弱者は死に方すら選べない」と告げられ、地獄を見せられた挙句に生かされた少女は、俺を守って死んで逝った。後悔なんてものは知らないと言わんばかりの満面の笑みを浮かべて、死んで逝ったのだ。

その笑みがどこまでも忘れられなくて。

だから、俺も少女――ティアラのように笑って死ぬ事に憧れた。己の弱さを恨み、憎み、彼女に守ってもらったこの命だからこそ、あの時の笑顔に負けない顔で死んで逝ってやろうと誓った。

けれど現実、俺は己の喉元に〝影剣《スパーダ》〟を突き立てた。

……その時の俺は、笑みを浮かべるどころか、謝罪を口にしながら涙を流していた。

——好きに生きれば良いと思うわ。だって、あなたの人生はあなたのものなのだから。

ルドルフが哀れと言い、先生がそれもまたシヅキらしさだよと言ってくれた誓いに対し、唯一呆れていた人がいた。

あなたの人生なのだから、誰かに左右される必要なんてどこにもないのよ。と、そんな事を宣う自由気ままな女性だった。そして、母を喪ったばかりの俺を立ち直らせてくれた恩人だった。

しかし、やはり彼女もまた、あの地獄のような世界の住民であった。

醜いもので溢れているからと、自ら視力を絶った盲目の女性は結局、最期は自殺を選んだ。

俺が先生達《みんな》と馴染むきっかけを作ってくれたのは間違いなく彼女——アンナであった。

『大事な事は今をどうするか。だから間違っても過去をどうするかではないの』

生きる事が辛いのなら、命を絶てばいい。

こんな世界だもの、誰も責めやしないわ。

そう言って、俺にあの世界での生き方を教えてくれた彼女は結局、その言葉を体現するかのように自刃してしまった。けれど、どこか彼女らしいと思えた。

そんな彼女に救われた人間であるからこそ、俺は勝手気ままに生きようと思った。

これから先の俺の人生は、他でもない俺自身が決めるのだと誓った。

……結局、過去も丸ごと抱え込むと決めたせいで何一つとして変わらなかったけれど、それで良いと思った。きっとアンナも、あなたらしいと笑ってるような、そんな気もしたから。

――俺らは皆、優しさに飢えてんのさ。


好んで難しい言葉を並び立てようとする隻腕の男がいた。己の生き方というやつを彼――ラティスは俺に向けてよく語っていた。

当時は、何言ってんだこいつ、なんて感想を抱いていたが、今なら心底理解ができる。

そういう事だったのか、と。

だから、俺はファイ・ヘンゼ・ディストブルグとして誓った。

アンナの時と同じ、勝手気ままに生きようという誓いを。

だから俺はこうして――優しさに飢えているだろう者の為に節介を焼いているのだろう。


「これらは全て、ずっと昔の仲間達の技でな。猿真似ですらこの威力だ。凄いだろ？」

そう言って俺は、傷だらけの巨漢の男――グリムノーツ・アイザックを見遣った。

とはいえ、傷が生まれたそばから奴の代名詞でもある氷を用いて凍らせている為、血が流れてはいない。ぜぇ、ぜぇと忙しない呼気が聞こえてくるだけだった。

「過去を手放せなかった弊害か、気づけばいつの間にかこんな事ができるようになっていた。とはいえ、俺と同じ道を歩めと言いたいわけじゃない」

言葉の矛先《ほこさき》は、目の前のグリムノーツではなく後方にいる女性——エレーナである。

「生かされた人間なら、せめて己なりに助けてくれた奴らに誇れる生き方をしてくれ……命張って助けたってのに、報われないんじゃ虚しいだろうが」

これは押し付けだ。ただの思想の押し付け。

だけど、こればかりは言わないと気が済まなかった。見せつけないと、俺の気が済まなかった。

今は余裕がなくて気づけていないだけで、間違いなく彼女も、死んで逝った人間から何かを託されたはずだから。

「今すぐに死に逃げる事が後悔しない選択であると言い張れるんなら、俺はもう何も言わない。勝手に命を絶てばいいさ。でも、きっとあんたは違う」

エレーナは俺と同類だ。

在りし日を夢想し、憧れ、焦がれ。

〝時の魔法〟だなんて与太話《よたばなし》を愚直に信じ込み、一縷の望みを募らせ、束ねるような人間だ。

「気持ちは痛いくらい分かるが、自棄《やけ》にはなるな。死に逃げる事はいつだってできる……これ以上の答えはないと悟ってからでも遅くねえよ」

後悔だらけの人生。

でも、俺はこれで良かったと思ってる。

俺なりに最期まで生き抜いて。

俺なりに剣を振り続けて。

あの世界で、〝異形〟を殺し尽くした。強くもなった。

今度こそきっと、死ぬ時は笑顔になれる。それが誰の意思も介入していない俺自身の考えだと断じる事もできる。

生き抜いたからこそ、こうして後悔の量も減ってくれた。これで少しは彼らに誇れるかと思うと、随分と肩の荷も下りてくれた。

「あんたも、顔を泣き腫らしながら死ぬなんて、嫌だろ」

生きていても苦しいだけ。

確かにそうだ。

シヅキとして生き抜いたあの生は、苦しさで埋め尽くされていた。それは、百も承知。だけど。

「知ってるか、エレーナ。生き抜いた果てには、答えがあるんだ」

かつて、先生が俺に向かって言っていた言葉をそのまま彼女に言い放つ。

答えは見つからなかったと思っていた。

でも、それは俺の勘違いでしかなかったのだ。

きっと、俺は既に見つけていた。

先生が言っていた答えとやらを。

生き抜いた果てに辿り着いてしまったファイ・ヘンゼ・ディストブルグの生に。

それが、俺にとっての答えであったのだ。

第二十話　氷原世界

だからこそ、敵わないなと、そう思った。

……いや、違う。

そう、思わされたのだ。

「——く、は、ははハっ」

剣を振る。前世も含め、俺ができる事は本当に、ただ、それくらいのものであった。

嘆きの声すら満足に届かない、地獄のような世界で剣を振り続けた俺という人間の能は、本当にただそれだけ。

そんな俺に何ができるのか。きっと、剣を振るい、人を殺す事くらいである。

自分勝手に、自己満足の為だけに剣を振るう。好き好んで殺し合っているわけでないにせよ、その行為は己が嫌悪していた畜生共と何ら変わりない。だから俺は。

ファイ・ヘンゼ・ディストブルグが〝クズ王子〟などと揶揄された時、真っ先にそれを許容し、容認した。それは何一つ間違ってはいないと、俺自身が肯定をした。

「ほん、とうに……敵わない」

そんな、剣を振るい、人を殺す事しか能のない救いようのない輩《やから》がこうして『答え』に辿り着き、この場に立っている。生き抜いた果てに、『答え』があると俺に教えてくれた人のお陰で。

人を殺す事しかできなかった剣で、誰かを救う機会があった。そして救う事ができた。

人を殺す事しかできなかった剣で、こうしてかつての己のような奴の、助けになる事ができる。

ああ。あぁ。嗚呼——

ほん、とうに。

「本当に——上等過ぎる」

先生が俺に向けて言ってくれた言葉をなぞりながら、浮かべていた笑みを一層深める。

そして。

だから——ありがとう。

かつての先生のように、俺もそう口にした。貴方が進んだ道は、やはりどこまでも俺の目標だと、心の中で告げながら。

痛みは辛くて。

孤独は悲しくて。

終わりは虚しくて。

別れという瞬間に、脆い俺の心は幾度となく斬り裂かれて。

けれど、その先に待っていたものは決して虚無ではなく、俺にとって満足のいく『答え』であった。

「感謝するよ。グリムノーツ・アイザック。あんたのお陰で、俺は気づく事ができた」

そのお陰でこうして伝える事ができる。

そのお陰で、こんなクズ《俺》のような存在にも、少しは価値があったのだと思う事ができた。

剣を振るう事で、助けられる命がある——だから、俺は剣を振るおう。

剣を振るう事で、道を見失った者の視界を照らす事ができる——ならば、俺は剣を振るおう。

剣を振るう事で、何かが変わる——故に、俺は剣を振るおう。

結局、俺に残されたものは剣だけ。

こんな薄汚れた命に人並みの価値があると思うな。俺はただの人殺しのクズだ。剣が嫌いだ何だとほざき、命の大切さを己なりに説《と》きながら、結局、自身が生きる為に幾万という人間を斬り殺したただのクズ。そんな俺が、一人でも救えるのならば、やる事なぞハナから決まっているだろうが。

そんな声が、どこからか聞こえていた。

「……気づけた？」

「ああ、そうだ。誰かを救う事ができたって、それは、ただ俺がその機会に偶然恵まれただけの事だと思っていた」

けれど、違った。

そもそも、その偶然が存在している事自体が既に、俺が救われている事をこれ以上なく表していたのだ。何故ならば、その事実が存在している時点で、俯く事しかできなかった俺がほんの少しでも前を向けているという事実に他ならないから。

誰かに救われ、いつの日かまた安寧《あんねい》の日々が齎《もたら》されますようにと願い、祈り。なれど終着点に辿り着けず、どうしようもないまでに死にたがっていたあの頃の自分のような存在を目にして、漸く気づけた。

それを愚直に貫いたからこそ、こうして救うという機会に恵まれたのだと。

「違うんだ。全てが違ったんだ」

作り笑いとは違う、本心からの笑みを浮かべて俺は言葉を紡ぐ。

そして、血管が浮かび上がる程に力強く握り締めた〝影剣《スパーダ》〟の切っ尖をグリムノーツに向けた。

「あんたは似てるよ。あの時代を生きた奴らに。だからなんだろうな。エレーナやあんたを見てると、昔の俺を鮮明に思い出せる。そのおかげで、今の俺がどれだけ恵まれていたかに気づけた」

故に、剣を向ける。

刹那の死線に身を委ねたいと叫び散らしていた男に、俺は殺意をぶつけていた。

彼が求めているのはきっと、この行為であると確信していたから。

「俺にできる事は、これくらい。俺はどこまでも剣を振るう事しかできないから。だから――」

すぅっ、と息を吸い込み。

目尻と、口角を曲げる。懐古の色を表情の端々に見え隠れさせながら。

「――清々しいまでのあんたの敗北を以て、返礼とさせてくれよ」

「ふ、は、ははは、言いよるわ。言いよるわ。本当に、真正面から儂に向かってそんな事を宣う奴は、世界全土探しても恐らくおんしくらいのものよなあ」

「剣を振るう以上、負けられない理由がある。負けてしまえば、その時点で俺の全てが否定される。

これまで託され、背負ってきたものがある以上、それを否定されるわけにはいかない。だから、俺は勝たなきゃいけない。負けられるか。死んでも勝つ。それが、俺の存在意義なのだから」

そして、俺はある男の名を口《敬称》にした。

「……だから、力を貸してくれよ——ヴィンツエンツ《先生》」

しかし、今までとは異なり、手にする得物は何一つとして変わらない。

……そりゃ、そうだ。

俺が普段から手にしている〝影剣《スパーダ》〟は、先生が扱っていた得物を模したものなのだから。

「あんたが望んだ戦いだ。泣き言は受け付けねえぞ」

「万が一にもあるものか！！　この期に及んで、馬鹿抜かせぃッ!!」

笑う。

俺は——幾万もの剣士の姿を魂に刻んだ剣帝《剣士》は、興奮に身を震わせるグリムノーツと同様の、屈託のない笑みを浮かべた。

次いで、小さく息を吐いた。

数秒にわたって息を吐き、そして止める。

「生かされたんなら、そこに必ず意味はあるのさ。勿論、その理由は分かるはずもないが、その先に待ち受けてるものは明るい未来かもしれねえ」

だからこそ、生きる事には意味がある。

だからこそ、生きた先には『答え』があるのだ。

「少なくとも俺は満足してる。救えない程に死にたがりであった俺であるけれど、愚直に信じ込み、限界まで生き抜いたお陰でこうして笑えてる」

悪くないもんだ。そんな、人生も。

そう言って、俺は力強く大地を踏みしめる。

それが、始動の合図。

踏み込んだ次の瞬間には、俺がいた場所には影色の靄だけが立ち往生しており、十数メートルもあったはずの間合いは刹那の時間にゼロへと変容。

「――ぬ」

グリムノーツの口からくぐもった声が聞こえた時、既に俺は〝影剣《スパーダ》〟を振るい終えており。

打ち合う剣と、槍。生まれたあまりの衝撃に、グリムノーツの足下の大地が僅かに陥没。砂礫がぶわりと巻き上がり、視界に割り込んだ。

ギシリと軋み上がる壊音が互いの得物から聞こえた。

膨らんだ筋肉をこれでもかと主張する、丸太が如き太さの腕。そんな腕が二本で操る氷槍。

膂力《りょりょく》の差など火を見るより明らか。体格も倍近くの違いがある。

傍目からは、俺が呆気なく吹き飛ばされると思えるだろう。

だが、それがどうした。

その程度で、俺の一撃を止められて堪るものか。ビキリと腕が悲鳴を上げるのもお構いなしに、俺は〝影剣《スパーダ》〟を握る手に力を込めた。

そして、

「ふっとべ」

程なくグリムノーツの身体が僅かに後方へと傾いた。そしてそのまま強引に押しやり、彼の巨体は後方へと吹き飛ばされる——かと思われた。

しかし、グリムノーツの身体はガガガ、という摩擦音と共に数メートル程度押し返されただけに留まっている。

「……氷、か」

見れば、彼の足下には氷が広がっていた。

それがストッパーのような役割を果たし、その程度で済んだのかと理解に至る。

俺の呟きを肯定する時間すら惜しいとばかりに、一瞬でくるりと持ち替えられた氷槍がブォンッと風を巻き込んで突き出される。

「そ、ォれ——ッ」

神速。まさにそう言い表すべき、常人では視認すら叶わない超速の刺突。

なれど、それを俺は避ける。

培《つちか》ってきた勘を以てして、ここに来るだろうなと予測した上で身を捩り、避け切る。

未来予測を果たしたかのようなその動作に、グリムノーツは目を剥いていた。

その一瞬の隙が命取りであるとばかりに、薙ぐように〝影剣《スパーダ》〟を繰り出し、円弧の軌跡を眼前に刻み付ける。だが、その攻撃すらも薄皮一枚を斬り裂いただけに留まった。

上半身を仰け反らせる事で迫る凶刃から身を守ったグリムノーツは続けざま、手首を返して再び攻勢に転じる。響く剣撃。

忙しなく遠心力を利用し、力を乗せて旋回。そして時に刺突を繰り返す槍と剣による応酬は、大気を容赦なく軋ませる。

擦過音と共に辺りに散る火花だけが、置いてきぼりに大地に落ちていた。

だが、そこまで。

常人離れした豪腕で容赦なく繰り出される剣撃の前に、グリムノーツが対応できていたのはたった十数秒。

一秒が何倍にも引き延ばされる程に濃い命のやり取りとはいえ、あまりに早い限界であった。

「――」

まるで金縛りにでもあったかのように一瞬、グリムノーツの攻撃の手が止んだ。

それは痺れのせい。

いいいいいいいい。

腕に負荷がかかるように意図して繰り出され続けていた剣撃のせいで、彼の両の腕は痙攣でも起こしたかのように震えている。

「ま、ず――ぃッ!!」

そこからのグリムノーツの判断は迅速を極めた。槍を握れないと悟るや否や即座に手放し、身を庇うように震える腕をクロスさせ、次の一撃に備えんと試みる。

パキリ、パキリと音を立てて彼の身体を包み込む氷。腕の部分を中心として、まるで壁の如き氷の盾が一瞬で形成。

しかし。

「容赦は、なしだ」

小柄と言える俺の身体から繰り出される一撃。

なれど、そうして叩き込まれたのは、帝国最強とまで呼ばれた男を以てしても押し返せない、あまりに重い一撃。

瞬間、振り下ろした〝影剣《スパーダ》〟越しに、何かが砕き破れていく感触がやってきた。

次いで鼓膜を揺らしたのは喀血《かっけつ》の音。

風に吹かれた灰の如く、思い切り吹き飛ばされたグリムノーツは、砂礫を巻き込みながら何度も、何度も大地の上を跳ねる。それでも尚、

「────ッ!!」

遠く離れるにつれ豆粒のように小さくなっていくグリムノーツは、血を吐き散らして決死の面持ちのまま、叫ぶ。

直後。

グリムノーツが何かに衝突したのか、轟音が離れた場所から聞こえてくるも、それと同時に宙に浮遊していた氷柱が一斉に牙を剥いた。

先程まで一切仕掛ける様子がなかったのは、あの攻防の中にあって〝雹葬飛雨〟と呼ばれた魔法は邪魔にしかならないと悟っていたからなのだろう。もしくは──通用しないと分かっていたか

らか。

そして当然のように、飛来する氷柱は、同じく宙に浮遊していた〝影屍凱旋《スパーダ》〟によって砕き破られ、空から氷が降り注ぐ。

これで、終わりかと。一瞬そんな考えが脳裏に浮かび上がる。

しかし、それはあり得ないと即座にその思考を彼方へと追いやった。

俺はグリムノーツという男を、あの時代を生きた奴らに似ていると言い表した。

ならば、この程度で終わるはずがないと考えなければならない。

そんな俺の考えを肯定するかのように、冷気を伴った風が頬を撫でた。

「——はっ」

俺とグリムノーツとの距離はあまりに遠い。

声なんてものは聞こえるはずがないというのに、何故か彼の声が俺の耳朶を掠めた気がして、思わず笑みが零れた。

〝広がれ——氷原世界〟

しぶとい奴だ。

そんな感想を漏らした次の瞬間、俺の眼前が氷に覆い尽くされた。

第二十一話　怖さはどこにも見当たらなくて

「ふ、はっ……たかが一撃。優越に浸るには、まだ早かろうて？」

斬られた痛み。背中を襲った衝撃。筆舌に尽くし難い圧迫感。

数々の痛苦に襲われているであろうに、それら全てに対し、己の足を止める理由足り得ないとばかりにグリムノーツは黙殺。

ぴしり、と凍てつく音と共に、歓喜に塗れた声が続け様にやってくる。

「確かに、儂の腕はもう使えまい。とはいえ、儂にはまだ魔法がある。足がある。身体がある」

知っている。

その言葉に続くひと言を、俺は誰よりも知っている。誰よりも、その言葉を耳にしてきたから。

「死ななきゃ安い、だろ？」

「……一体おんし、儂をどこまで喜ばせれば気が済むと言うのだ？　ふ、ははッ、堪らんなぁ。真《まこと》、堪らん。なあ……なァ！　おんし、最高過ぎんか？」

「同じ穴の狢《むじな》だっただけの事。別に特別驚く程でもねえよ」

「それが道理よな。いやむしろ、そうでなければ儂は納得がいかんわ」

互いに己の死に対し、妥協をしようとしなかった人間同士。

安易に生を手放してなるものか。死に逃げるとしても、せめて己が納得できるだけの死でなければ。少なくとも、グリムノーツも一度はそんな思いを抱いたのだろう。

だから、彼の気持ちが俺には分かってしまう。

「なればこそ、尚更惜しい」

そう言って彼は、己の手を見遣った。

止血の為か、完全に凍り付いてしまっている己の両腕を。

鮮紅色に染まった氷の塊を見詰めながら、心底申し訳なさそうにグリムノーツは言う。

「……叶うならば儂の槍とおんしの剣で限界まで技を競い、雌雄《しゆう》を決したかったのだが、この通り、儂の腕はこのザマよ」

使い物にならなくなってしまった己の腕に、目に見えて分かる失意の念を向けながら、再びグリムノーツは俺に視線をやる。

「であるが、この程度で勝ちを譲ってやる程、儂は甘い人間ではなくてなぁ？　真正面から正々堂々とぶつかり合う事を是とする儂としては、魔法という存在は忌むべきもの。しかし、漸く出会えた好敵手を前に、手の内を隠したままでは死ぬに死ねん。そこで、勝手ながら秤にかけさせてもらった」

己の価値観を度外視し、文字通り死力を尽くして戦い抜くか。否か。

つまり、そういう事なのだろう。

そして、俺の眼前に広がる光景がその答え。

「……結論、無理矢理に信念を曲げてでも、おんしと興じたいという思いが勝ってのう。故に、もう少しばかり付き合ってもらおうか」

その言葉に対する俺の返答を待たず、告げられる魔法——〝氷狼《ロウファン》・朧〟

直後、俺の視界がぼんやりとした靄に包まれ始める。まるでそれは、氷霧のようで。

俺の瞳に映っていたグリムノーツの姿も、その氷霧に包まれるように掻き消えていく。

更に。幻聴なのか。はたまた、本当に聞こえている声なのか。

遠吠えのような鳴き声が、ひっきりなしに俺の鼓膜を揺らし始める。

これで氷霧に遮られた視界に加え、聴覚もまともに機能しなくなってしまった。

とはいえ。

「……この程度なら、薙ぎ払えばいいだけの話」

手にする〝影剣《スパーダ》〟の柄にギシリと力が込められる。

そして——ぶぉん、と横薙ぎ一閃。

立ち込めていた靄が真横に断ち切られ、晴れていく。

たったひと振り。小細工が全くと言っていい程意味をなさなかった事実を前にして、不意を討とうと肉薄してきていたグリムノーツは、思い切り目を剥いた。

そんな事があっていいのかと、その驚愕を言葉に変えて彼は叫び散らす。

なれど、口元は嗤っていた。

キヒ、と唇を歪ませ、どこまでも愉しそうに。

「あれは本来、剣を振ってどうこうなるようなものではないんだがのォ。おんし、些か壊れ過ぎではないかッ!?　なぁっ!?」

そしてグリムノーツは腕を振るう。

半ばまで斬り裂かれた腕を無理矢理に凍らせた氷の腕。先程までとは一変し、それはまるで氷の刃のように変形していて、ブンッ、と風を巻き込みながら振り下ろす。

――腕は使いもんにならなくなったんじゃなかったのかよ。

そんな無駄口を叩いてやりたくもあったが、残念ながらそんな余裕はどこにもありはしない。

響く、金属音。

次いでギリ、と軋み上がる剣と氷の刃。やがてどちらともなく弾かれる。

互いの間に距離が生まれるその瞬間を狙っていたのか。グリムノーツはあえてそこで飛び退いた。

掲げられる右腕。

「――〝雹葬飛雨〟――ッ!!」

先の〝氷原世界〟によって、周囲はすっかり氷に包まれていた。

パキリと音を立てて氷の刃が形成され、全方位に広がる氷原の世界が一斉に俺を殺す凶刃と化す。

迫る凶刃、再度肉薄するグリムノーツ。逃げ道などどこにもない。

しかし、関係ない。

かつての家族は、俺に言ってくれた。

〝影剣《スパーダ》〟に斬れないものはないと。だったらそういう事なのだ。

理屈など、俺にとってはそれだけで十分過ぎる。

「トラウムが斬れると言った。だから、〝影剣《スパーダ》〟に斬れねえもんはねえ。ただそれだけの事。そして他でもない俺もそう思っている。だから、関係がない。目の前にどんな光景が広がろうとも、全てを斬り裂ける〝影剣《スパーダ》〟を俺が手にしている限り、何もかもが――関係ない」

そして俺は、〝影剣《スパーダ》〟を振るう。今度は、言葉《想い》を添えて。

「叩き落とせ――〝斬撃《スパーダ》〟」

〝影剣《スパーダ》〟から噴き出す黒い靄が刃に纏わり付き、振り下ろすと同時に漆黒の三日月刃が放たれる。

程なく接触を果たす〝雹葬飛雨〟と、〝斬撃《スパーダ》〟。

生まれる衝撃波。吹き荒れる爆風。鼓膜を容赦なく殴る轟音。

しかし、まだ収まらない――猛攻。

「これを忘れちゃおらんか!? ――〝氷狼・朧《ロウファン》〟――ッ！！！」

「……んっ」

斬り裂いて薙ぎ払ったにもかかわらず、未だぼんやりと残り続けていた氷霧。

意識の欠片すら向けていなかったそれが、突如として姿を変え始め、狼のような形になる。

随分な曲芸だ。そんな感想を抱きながらも、俺は迫る数十もの狼を模した氷に注意を向け、それらの行動を縛りつけようと試みた。

「〝影縛《スパー》――い、や」

しかし、言葉を止める。否、最後まで紡ぐ事ができなかった。

〝影縛り《スパーダ》〟は、対象の影から〝影剣《スパーダ》〟を生やす事で行動を制限する技である。だが、

「影が、ない……？」

たとえ生物であろうとなかろうと、影は必ず存在する。にもかかわらず、どうしてかそこには影が見当たらなかった。

困惑する俺の様子をよそに、その隙を突かんと、ざり、と音を立てて大地を蹴ったグリムノーツが、俺の目の前に躍り出ていた。

「……そういう事か」

そして漸く答えに辿り着く。恐らく、あの氷の狼には実態が存在していないのだろう。

フェリのように魔法を扱えたならば、また違った対応ができた事だろう。しかし現実、俺に許された攻撃手段は〝影剣《スパーダ》〟のみ。

故に——度外視。

グリムノーツだけを視界に入れ、〝影剣《スパーダ》〟の切っ尖を冷静に彼に向ける。

「剣では斬れぬと判断するや否や背を向けるか……!!　思い切りが良すぎぎんか……ッ!!」

クカカ、と喜悦に声を弾ませるグリムノーツ。

「斬る斬れない以前に、存在すらしてねえんだ。構う価値なんて毛《け》程もねえよ」

「確かにそうであるが……しかし、それを実際に行動に移せる人間はそうおらん!!　凶刃が迫っているると知りながらも背を向ける人間なぞ——」

言葉の最中。

俺は、右の足に力を込め——横飛び。

間髪《かんはつ》いれず、そのまま着地をした左の足を軸とし、ぐるんと身体を旋回。鉤爪《かぎづめ》を突き立てようとしていた氷の狼に対し、回し蹴りを叩き込む。

接触した直後、ぼふんっ、と辛《かろ》うじて耳が拾える程度の小さな音だけを残し、狼は霧散。

まるでそこには何も存在していなかったかのような手応えのなさと、違和感だけが残った。

「……朧が如き存在に触れられるはずがなかろう？」

話の途中に抜け抜けと不意打ちをかまそうと試みたグリムノーツが、悪びれもせずに言う。

しかし、別に嫌悪は抱かない。文句などあるはずがない。勝つ為に策を弄す。戦いにおいてそれは当たり前なのだから。

「謝罪はせんぞ」

「もよとり欲してすらねえ。命を懸けてんだ。果し合いに卑怯もくそもあるもんか」

そして、霧散した氷霧がゆっくりとまた元の形を形成し始める。

「それも、そうか」

どこか、自嘲気味に笑うグリムノーツ。

もしかすると、最強と称えられる彼にとって初めてだったのかもしれない。

己に都合の良い〝氷原世界《場所》〟〝氷狼《技》・朧〟を整えて尚、不意を討っても構わないと宣う阿呆は。

「ならば、精々応えてもらおうかっ！！！」

屈託のない笑みを見せるグリムノーツ。

己の中で割り切りを済ませたのか、そこに迷いはなく――そして始まる猛攻。

ざあ、と吹き荒れる冷風。

天に新たに生まれる〝氷柱《雹葬》〟。

絶え間なく飛び掛かってくる氷狼。

それを危なげなく躱し、霧散させていく俺の一瞬の隙を狙って、グリムノーツが襲いくる。

「シヅ、キ……ッ!!」

名を呼ばれる。

それは、攻防を見つめ続けていたエレーナの声であった。

降り注ぐ〝氷柱《雹葬》〟によって生まれる轟音により阻まれ、俺の耳に届いたのはそれだけ。

心配していたのだろう。焦燥感に駆られているように思えた。

けれど。

「いらねえよ」

ぼそりと、ひとりごちる。

「そんな心配は、いらねえ」

何故ならば。

「その程度の小細工でどうにかなると思ってんなら、大間違いなんだよ」

手には剣がある。

〝影剣《スパーダ》〟が、ある。

ならば何一つとして問題はない。

仮に今、何十、何百という剣士に囲まれていたとしても、何一つとして問題はない。

なにせ、斬り裂いてしまえばいいのだから。

目に映る敵全て斬り裂いてしまえばいい。ただ、それだけの話。


――笑え。笑え。笑え。この世界は、おかしな奴だと思われている方が何倍も生き易いのだから。

絶体絶命のピンチであっても、嗤うようなヤツは怖いだろう？　つまり、そういう事さ。


「何より、あんたは怖くねえ」

きひ、と自分でも自覚のあるらしくない笑みを浮かべながら、俺は言葉を並び立てる。

「帝国最強の〝英雄〟。ああ、そうだろうな。確かにあんたは強いと思う。打ち合った俺も素直にそう思った。だが、怖くねえ。強いんだろうが、あんたは怖くねえ」

第二十二話　これが俺の生き方だから

「である、か――ッ!!」

そしてまた一度、腕が振るわれる。

そのひと言に、全ての感情が詰め込まれていた。不敵に笑みながら、グリムノーツは俺に訴えかける。気に入らない、と。

しかし、その感情をありのまま声高に吐き出さないのは、そうする労力すら惜しいからか。はたまた、それを口にするだけの権利を己が持ち得ていないと決め付けているからなのか。

ギリギリ、と軋み合う干戈《かんか》。

鬩《せめ》ぎ合う金属音。

直後。

びきり、とグリムノーツの腕の筋肉が目に見えて膨らんだ。

掛かる圧が。重さが——増す。

「怖くはない、か……ふ、は。ふむ。それで。それが、どうしたというのだ?」

グリムノーツは不敵に笑う。

震える腕に力をひたすら込めながら、彼は俺に向かって言葉を吐き散らす。

「怖くはない。成る程、おんしの考え方はつまり、そういう事なのだろうなァ。戦場では怖れた者から死んでいく。どれだけ敵を怖れさせるか。臆させるか。それが、肝要である。その考え方に落ち度などありはせん。だがしかしな!! それは勝つ為の考え方よ。死なない為の、考え方よ!!」

吠える。

帝国の最強は、ひたすら哮《たけ》る。

「おんしがどこの戦場帰りなのかは知らん!! 成る程、おんしの師は頭抜けて良き指導者であったのだろう!!　どうすれば相手が臆すのか。それを事細かに熟知していたらしい!!　……であるがな、勘違いをしてもらっては困る。儂は勝ちたいわけでも負けたいわけでもない。戦いたいのだ。ただ、純粋にの」

壊れたような作り笑い。

戦狂いのような戦い方。

口を開けば、出てくるのは自意識過剰とも言えるような言葉ばかり。

どこか薄らと濁った瞳が、それらに伴う不気味さを一層加速させる。

それら全て、俺が生来持ち得たものではない。教えてもらった産物だ。

全てが、先生の教え。

……慧眼《けいがん》だな。

グリムノーツの言葉に対し、本心からそう思った。

「儂は、死力を尽くして戦いたいのだ。分かるか、のぅ？　ファイ・ヘンゼ・ディストブルグ」

その果てに、己が屍《しかばね》を晒す運命に見舞われようが、満足いくまで戦えたのならば問題はない。

一切の、後悔はないと。

口角を曲げて屈託のない笑みを浮かべるグリムノーツは、俺に向けてそう訴えかけていた。

そしてそれは、やはり似ている。

納得のいく死をどこまでも求めていた者達とよく似ている。結論に至った過程は違えど、その意味自体は殆ど同義と言っても過言でないだろう。

「命あっての物種《ものだね》って言葉を知らねえのか、あんたは」

くくくっ、と俺は喉を鳴らしながらそう宣う。

それは間違っても、今まさに己の損傷など度外視したような戦い方を行い、前世含め死にたいとひたすら願っていた者が発言していい言葉ではなかった。故に、俺は自分の言葉に対して笑う。

「知らんなァ？　己の欲動をひた隠しにして生きたところで何が楽しいのか、てんで分からんのォ」

――そう返すって事は知ってんじゃねえか。

平気な顔して嘘をほざくグリムノーツに、俺は胸中で呆れる。

鬩ぎ合っていた得物同士がどちらともなく弾かれ、お互いに再度、剣を走らせ――衝突。

何度目か分からない火花が辺りに落ちた。

「そうかよ」

〝影剣《スパーダ》〟を乱暴に、ひっきりなしに振るう。

音すら置き去りにする猛攻連撃の余波により、ぱきり、と足下に広がる氷が僅かにひび割れた。

「なァ、一つだけ……疑問があっての。是非ともおんしに聞いておきたいのだ」

そう言ってグリムノーツは喉を震わせる。

振るった軌跡しか残らない剣撃の極地。その最中の質問。

気を散らす為の小技か何かかと警戒をするも、どうにも違うらしい。

「おんしはどうして、剣を振るっておるのだ？　見たところ、儂と同じ考えというわけではい……ないのだろう？」

根っからの戦狂いではないと思ったが故の問いだったのだろう。

そしてそれは、これ以上なく的を射ている。

俺の心情を言葉に変えるのならば、戦いは好きじゃないが、だからといって苦手なわけでもない。

きっと、そんなところ。

「……剣を振るうのに理由が必要か？」

「単に聞いておきたかっただけよ。そこまで気負った剣を振るう人間は、一体、どのような理由を引っ提げておるのか、とな」

「それを知ってどうなる？」

「どうにもならん。ただ儂が満足するだけよ」

クカカ、とグリムノーツは喜悦に頬を綻ばせる。

なんという事はない。本当に、ただの自己満足の為の質問であった。

だから、答える必要性は全くといっていい程に感じなかった。けれど。

「……失いたくないもんが多過ぎるんだ。なのに、俺は守る術《すべ》を剣《これ》しか知らない。だから、振るってる……これで満足か」

質問に答えた理由は自分でも分からない。先の敬意に対する返礼だと考え、自分を納得させる。

何かを守る為に、俺は剣を振るっている。

そしてその〝何か〟に当てはまるのは己にとって欠かせない、大切な者であり、当たり前の日常であり、なけなしの矜持であり、偽善であり、人間性であり。

「その技量とは裏腹に、存外年相応の理由であったのだな」

そこに嘲った様子はなく、ただ純粋な笑みを浮かべてグリムノーツは笑う。

微笑ましいと、言わんばかりに。

孤独の辛さを知らないから、そうやって笑えるんだよ。俺は胸中で毒づいた。

「……できる事なら、俺もあんたみたいに生きてみたかったよ」

嫌味ったらしくそう言ってやる。

そして再度弾かれる凶刃。

直後、僅かな間合いが生まれたその瞬間を見計らい、俺は左手を小さく上げ――振り下ろす。

一瞬の出来事。

その行為に連動して、宙に浮かんでいた〝影屍凱旋《スパーダ》〟の一部がグリムノーツへと殺到する。

剣を握ったキッカケは――己という一つの命が、命懸けで生かされたものであったから。

前世の仲間――感情を失った男、レゼネアは言っていた。いっそもう狂ってしまえ、と。そうすれば楽になれると。

本当にその通りだ。もし俺がグリムノーツのように戦狂いになれていたならば、もっと楽な生を送れていた事だろう。

「ならば、儂のように生きればよかろうて⁉　おんしの行く道を阻む者など、そうはおるまい‼」

流星の如く飛来する〝影屍凱旋《スパーダ》〟の対処に追われながら、グリムノーツは思いの丈をぶちまける。

……しかし、俺はそんな事の為に剣を執ったわけではない。間違っても、そんな理由に殉じる為ではない。

誰かの為に。そのたったひと言に心を動かされたから、俺はまた剣を執ったのだ。

「……俺は言ったよな。恥は晒せないと。それは、あんたに向けて言った言葉じゃねえ」

それは、先生達《かつての家族》に向けた言葉。

「散々、馬鹿だアホだと言われてきた。でも、それでも俺はこの考えを曲げられなかった」

思い起こされるセピア色の記憶。

実力が伴ってもないくせに馬鹿だアホだ、そう言われてきたけれど、最後にはいつも先生達《みんな》は呆れながらも、それがお前らしさなんだろうなと、苦笑いをしていた。

考えを変えるつもりは毛頭ないが、もし俺が易きに流れたと知れば先生達《みんな》はどう思うだろうか。

……だからこそ、恥は晒せないのだ。

「あんたに言われるまでもなく、ずっと昔にそう言われてる。今更、考えが変わるものか」

馬鹿みたいに過去を引き摺って。

アホみたいに自分の中に杭を打ち込んで。

屈託を感じさせない死に方に――憧れて。

「結局俺は、大馬鹿なんだよ。どこまでも、な。だが、これが案外悪くない。悪くないんだよ。あんたにゃ分からねえだろうがな、グリムノーツ・アイザック」

自責に自責を重ねながら生きた果てに、辿り着いた答え。

「俺の命は、命を懸けて助けるだけの価値があったと、どこか知らねえ天の世界で誇ってもらいたいんだ。こんな命の為に自分は命を懸けたのかという落胆だけは、されたくねえんだ」

それが、助けてもらった者に課せられた義務であると信じているから。

そして、彼らがそんな俺に残してくれたのは戦い方であり、生き方。

故に。

「だから、剣を振るうからには負けられねえ」

負けてしまえば、俺に託されてきたもの全てを含め、否定されてしまうから。

「……さ、話は終わりだ……あんたと打ち合ったからか、少しだけ、懐かしく思えたよ」

本当に、前世の世界にいた剣士を相手にしているような気になっていた。

「情けない事この上ないが、見栄を張ってるのもそろそろ限界らしくてな」

びきり、と身体中が悲鳴を上げている。頭痛もひどい。目からは薄らと赤い涙が流れ始めた。

そもそも、今の俺に〝影屍凱旋《スパーダ》〟はあまりに身の丈に合っていない。それでも無理を押して使用していたその理由は、見栄を張りたかったからであり、敬意には敬意をと口にした為。

自分の事ながら、馬鹿なんじゃないのかと、そう思った。

「そろそろ終わろうか」

「そうつれん事を言ってくれるな、ファイ・ヘンゼ・ディストブルグ！！　戦いはここからが酣《たけなわ》であろうッ!?」

「あんたの意見は聞いてねえよ。俺が終わりと言った。だったら、たとえ何であれ、終わりなんだよ」

俺は〝影剣《スパーダ》〟を手にする右の手を掲げる。まるで、避けてくださいと言わんばかりに。

しかしながら、その一撃を外すつもりは微塵もなかった。

「起きろッ——〝氷龍《ブリューナク》〟！！！」

グリムノーツの叫びの直後、その背後で形成を始める氷像——氷龍。

俺による終わりの宣言に危機感でも抱き、奥の手を即座に切ったのか。

全長100メートルはあろうか。俺の眼前の光景の殆ど全てを遮る程度に大きな氷龍。

自我でもあるのか、氷の瞳がギョロリと動き、俺を捉える。

けれど。

「それでも、関係ねえよ」

笑う。

〝影剣《スパーダ》〟に、斬り裂けないものは何一つとしてないというのに。

これから放つ一撃を防ぎ、俺を倒すつもりでいるグリムノーツに対して、破顔した。

「死《こ》せ《ろ》——」

「死《こ》せ《ろ》ぃ——」

何の因果か。口上は全く同じ。

そして、

「——〝斬撃《スパーダ》〟」

「——〝氷撃《グラキエス》〟！！！」

声は重なった。

第二十三話　全てを斬り裂け

天高くまで響く轟音。

この時この瞬間、間違いなく——空間そのものが軋んでいた。

掻き乱される風。

忙しなく揺れる木々。

辺りを覆っていた氷が音を立てて剥離《はくり》されてゆき、漆黒の奔流と鬩ぎ合う氷の龍が一帯を支配していた。

この場に居合わせていた一人の〝英雄《男》〟は言った。

——おれは、神話の再現でも目にしているのではないのか、と。

しかしそれは見当違いも甚だしい。

彼の世界に亀裂を刻み込んだソレは、単なる男同士の意地の張り合いでしかなかったから。

剣戟の世界で、剣士たる男が、己の背負ってきたものを否定されない為に。

剣戟の世界で、槍士たる男が、己の決めた志をどこまでも貫く為に。強い人間と戦いたいという童《わらべ》のような純粋無垢で、それでいてどこまでも彼にとって遠かった願いを堪能する。

ただ、それだけの為に。

故に、だからこそ。

間違っても簡単には──終わらない。


「────ッ！！！」


哮る。

喉を枯らしながらも。

限界まで目を見開き、言葉にならない声でグリムノーツは叫び散らす。

吹き荒れる颶風《ぐふう》に身体を強く打ち付けられながらも、彼は意地を張る事をやめない。

……そして。

それは、俺も同様だった。

意地を張り続ける俺とグリムノーツの間に存在した、ただ一つの明確な〝差〟は、お互いに背負うモノの重さの違いだけであった。

──ふと、俺の肩に誰かの手が触れた。

その存在が一体何なのかは知らない。

今の俺に、確認する余裕なんてものがあるはずもなかったから。

限界ギリギリのラインを踏んで戦っていた俺の胸中を知ってか知らずか。肩に手を置いた〝ナニカ〟は気遣うように、耳元で囁く。

『そうだ。それでいい。後先なんてものは考えるな。シヅキは、目の前の敵を倒す事だけ考えていればそれでいい』

それは俺にとってよく知った声であった。

けれど、不思議とその声は混ざっていた。

複数人の声が、一つの言葉を紡いで俺に伝えてきてくれていた。

『後先なんてものを考えてると、足を掬《すく》われるよ。なにせ——シヅキは強くないんだからさ』

——そんなふざけた真似をしても許されるのは、ヴィンツェンツ先生《ヴィンツェンツ》くらいのもの。

俺達の中に存在した唯一の共通認識を、幻聴が語ってくれる。

アイツだけは別だから、という言葉は何度も聞いた。

そして、何度も笑いながら、確かに、と頷いた過去が蘇った……そんな、懐かしい言葉。

『目の前の敵はまだ健在。死にたくなければ、心血を注いで倒すしかない。なら、どうすればいいかなんて決まってる』

——その後先を考える余裕を捨ててしまえ。

声は、そう言った。

独りの時間が随分と長かったからか。

無意識のうちに、俺は後の事を考えるようになってしまっていたらしい。そしてそれを幻聴は見透かし、「余裕」と指摘した。

『力を出し尽くせ。でなければ、きっとアレは今のシヅキには倒しきれないよ』

最早気力だけで抗っているようにしか見えないグリムノーツと相対する俺へと囁くように、声は言う。

『あの子に見せつけたいんだろう？　生きた先に待ち受けていた答えってヤツをさ』

……待っていたのは、独りぼっちだったあの頃よりもずっと、ずっと幸せと思える未来だった。

『酷使し過ぎたせいで身体が動かなくなるかもしれない。あぁ、うん。それは確かに致命的だ……でも、ここはシヅキが信ずる者が誰一人としていないような世界だったっけ』

違うよね、と〝ナニカ〟の声に諭される。

『だから——唱えるんだ。そして、血の最後の一滴までしぼり尽くせ』

何を、とは言わない。

示された言葉の意図は、ちゃんと分かっているから。

……赤の奔流が身体を巡り、熱に浮かされる。

熱湯を身体の中に注ぎ込まれたみたいに、全身が熱くなっていた。あたりは未だ氷に包まれているというのに、どうしようもなく熱を帯びていた。

そして駄目押しと言わんばかりに、続く最後の言葉に背を押される。

『願うだけでいい。ただひと言、願うだけでいい』

後先なんてものは考えず、口にした願いを叶える為だけに、ただひたすら剣を振っていたヤツ《男》らの言葉。

吹けば飛ぶような戦場の命。想いを重しに変えて、足踏ん張って振り抜く。ただそれだけでいい。

そうすればきっと——斬り裂けるだろうから。

「――は、は……はは」

断続的に、必死に笑う。

先生からの教えを愚直に守ろうとしたから出た笑いではなく、俺に囁いてくるその声がどこまでも懐かしいものであったからこそ、俺は笑っていた。

声の主を確認する事はしない。

それは、瞳を覆う鮮紅色の涙に視界を潰され、殆ど見えていないからではない。視認するまでもなく、答えは俺の中にあったから。

俺の弱さが見せた幻覚か。

それとも、神の悪戯か。

……いや、そんな事はどうでもいいか。

大事な事は、お陰で腹がくくれたというたった一つの事実だけ。

「――悪く、ない」

こうして己の全てを剣に委ねるこの感覚。

悪くないと、素直にそう思う。

もうこのまま力を出し切って死んでしまうのも悪くない、とさえ思えてしまう。

それ程までに熱に浮かされていた。

だけど、これ以上傷付くわけにいかなかった。痛みに蝕まれたくはないだとか、そんな理由ではなくて、もっと、もっと人間らしい理由。

「だけ、ど、まだ死んでやるわけにはいかねぇんだ」

幾人と斬り殺し、その過程で幾度となく傷ついてきた俺だからこそ分かる。どこまで足を踏み入れれば死ねるのか、が。

だから、想いを言葉に変える。数ヶ月前の俺が聞いたら鼻で笑ってしまいそうな言葉を。

まだ死ねないと。今はまだ、死んでやるわけにはいかないと。

「だから……だから————斬る」

直後。

ぶわりとひと際大きな影色のナニカが噴き上がる。上限知らずに、立ち昇る。

そしてそれは、薄く俺に纏わりついていた影すらも呑み込み——入り混じる。

起こった変化は——変色。

金糸のような俺の髪に、影色が混じり始めた。

纏わり付く黒い靄はまるで伸びた髪のようで、同時に『影剣《スパーダ》』の勢いも跳ね上がる。

しかし、しかし——まだ、足りない。

『僕の真似をするんだろう？　なのにその程度じゃあ、拍子抜けもいいとこだよ』

俺の憧れはもっと圧倒的で、隙一つなくて。

……そんな事は言われずとも知ってる。だから、黙れ。そう言って、幻聴を俺の意識の外に無理矢理弾き出した。

後の事など考えるな、と声は言った。

そうでもしなければ倒せないと。

だから、俺はそれを信じる事にした。

ありったけ。全てを詰め込む事にした。

意識を、集中。

どうせ目はまともに見えちゃいない。

だったら、〝影剣《スパーダ》〟に己の持ち得る処理能力全てを注ぎ込んでしまえばいい。

貯めて、集めて、巡らせて。

己の全神経を〝血統技能《影剣》〟に注ぎ込む。限界まで——限界の、その先まで。

それはどこまでも、果てしなく増幅していく。

「この儂を……戦狂いであるこの儂をも臆させるかっっ⁉　ふ、ははは っ‼　はははははは！！！！　良い！　良いぞ‼　実に、痛快である！！！」

突き刺すような殺意を向けられたグリムノーツはといえば、愉悦に身を、喜悦に声帯を、堪らないと言わんばかりに震わせていた。

しかし、その声は俺の耳の右から左へと素通りする。

それがどんな意味なのかを噛み砕く処理能力すら、俺は残していなかったから。

影色に染まった物量が増幅——増幅——増大。

そしてそれは——まだ、膨れ上がる。

「後先考えず、儂にぶつかってくれるというのか。おんし程の剣士が‼　あぁっ、ああ‼　嗚呼‼

なんと良き日かッッ！！！」

身体の自壊は明らか。しかし、関係がないと。身体の損傷なぞ微々たるものであると。

死狂いとしか言いようのない俺の敵然とした行為に、グリムノーツは目を爛々《らんらん》と輝かせ、取り込んだ息を吐き、心を震わせる。

〝斬撃《スパーダ》〟と氷龍による息吹——〝氷撃《グラキエス》〟の衝突。

何分にも引き伸ばされたかのような錯覚を抱かせる一秒が、経過し、重なり、過ぎ去り、そして、漸く終わりを迎えようとしていた。

「故に——感謝する！！！」

祈りを捧げるように、グリムノーツは影色の剣群に染まる空を見上げた。その瞳に湛えられた感情は、怯えでも、絶望でもなく、喜悦。まるで誇らしいと言わんばかりの、屈託のない感情を浮かべていた。

日を追うごとに衰える身体。戦いたいという欲動を持ちながらも巡り合えなかった彼にとって、納得のいく死を与えてくれる相手というものは得難いものでしかなかった、という事なのだろう。

だから、殺されるというのに、ありがとうと言いやがる。

戦いというものを切望し。

己の技というものを試せる場を求めて。

仮にその果てに己が息絶えてしまうとしても、それはむしろ本望。

そんな考えを己の生き様の根底に据える彼らの思考は、やはり俺には未だに分からない。

平時の俺であったならば間違いなく、そう吐き捨てていた事だろう。

「故に――認めよう！！！　この場にて、この儂が称えてやろう！！！　このグリムノーツ・アイザックに正面から立ち向かい、唯一、敗北の味を教えてくれた剣士であると――ッ！！！」

言葉の意味を理解する余裕すらも、今の俺は捨てている。

なのに、口角が僅かに吊り上がった。

グリムノーツの歓喜は、全神経を〝影剣《スパーダ》〟に集中させる俺にすら通じたのだ。

そして、〝ナニカ〟の言葉に従うように、俺は、目の前の敵へ向けて誓いを零す。幾度となく口にしてきた魔法の言葉を、声に変えて唱える。

己の中に深く濃く刻み付けてきた誓いを。

「――〝影剣《スパーダ》〟に、斬れねえもんはねぇんだよ」

朦朧とする意識の中。

きひ、と俺らしい笑みを浮かべながら、流暢に言葉を紡いだ。

笑いながら、当たり前の事を言わせんなよと、彼に訴えかけるように。

そして一気に膨れ上がった〝影剣《スパーダ》〟は、ぶわりと範囲を広げ、地面を抉り、氷龍ごとグリムノーツを呑み込む。

「ふはっ、ふはは！　ふはははははは‼　はははははははは――！！！」

響く哄笑は止《や》む事を知らず、どこまでも轟く。

愉快であると。そう、言わんばかりに。

それが五秒、十秒と俺の鼓膜を揺らし――

「は、は……は――――参っ、た」

最期は力なく。

それでいて、最後まで愉しそうに彼は言葉を零し、残して、逝った。

第二十四話　踏み出していた一歩

「――良い主従だな」

決着がつくや否や慌てて駆け出していったフェリの後ろ姿を眺めながら、コーエン・ソカッチオはそんな呟きを漏らした。

「そんなに羨んでもあげませんよ……まぁ、メイド長は私のものでもありませんけど」

パキリ、と音が鳴る。

戦いの場からある程度離れていたラティファ達の下でも、氷の残滓は未だ消えていない。どれだけ周囲に影響を及ぼす意地の張り合いであったかが一目瞭然であった。

『心読』という二つ名を持つ〝英雄〟は、どうしてか怪訝に表情を歪めて、ラティファに尋ねた。

「……ところで、お前は一体何者だ」

「変な事を聞くんですね。読めばいいだけの話じゃないですか。わざわざあえて私に聞かずとも、お得意のその能力で」

「………」

しかし、何故か答えは返ってこない。

「あれ？　もしかして私の口から答えが聞きたかった、とかそういったご要望でした？　ではお答えいたしましょう。聞いて驚いてください。私、実はディストブルグの最終兵器と呼ばれて――」

「――そうじゃない」

苛立ちめいた色を含ませた否定の声が、ぴしゃりと一蹴。

「どうしてお前は、そう頑《かたく》なにファイ・ヘンゼ・ディストブルグに手を貸そうとしなかったんだ。それ程までの力があるというのに」

……あぁ、そういう事かと、戯《ふざ》けていたラティファの表情が僅かに引き締まる。

「手を貸してどうなるというんですか……シヅキは私達がいなくとも、自分の力で前に一歩、一歩と進める人間です。そんな人間にあえて手を貸して、自分達にまた依存させろとでも貴方は言うんですか？　そんな自己の押し付けを、貴方は私にしろとでも？」

何を当たり前の事をと言わんばかりにすらすらと言葉を並べ立てるラティファを前に、コーエンの顔はあからさまに歪んだ。

そして、

「――ふざけるな」

辛うじて丁寧さを保っていたラティファの口調が、どこか冷静さを欠いた乱雑なものに変わった。

「そのせいで最期まで苦しんでしまった人間が、シヅキです……ですが、あの世界で真っ当な幸せ、真っ当な人生、真っ当な……死に方なんてものを選べる余地はなかった」

今日もまた一日生きる事ができた。おめでとう。

そんな言葉を掛けられれば心底嬉しく感じてしまうような、そんな世界だ。

本来であれば妥協するべきでないが、それでも、仕方ないと思うしかなかったのだ……そういう、時代だったから。

でも、今は違う。

だからこそ。

「私にとって大切な人間であればある程、距離を置かなければならない。だから、私は可能な限り見守ろうと、そう決めたんです」

そして。

「シュテン殿下の言葉を借りるとすれば——きっと、これが『愛』ってやつなんでしょうね」

柄にもない言葉を使ったからか。思わず少しだけ相好を崩して、ラティファは言葉を紡いでいた。

「……やはり、よく分からん」

「でしょうね。心を読めると言っても、ただ有《あ》り体《てい》に読めるだけ。その能力は、共感まではしてくれませんからね。知りたいだけの人間からすれば、実に都合の良い能力なのかもしれませんけど」

『考古学者』を名乗ったコーエン・ソカッチオに対し、ラティファは呆れまじりにそう言った。

「違いない」

コーエンが、笑みを浮かべる。

その——瞬間だった。

ぎゅっ。

何かを縛る物音が立つ。

「——って、終わらせると思います？」

まんまと気を抜きやがって。ばーか。と言わんばかりのラティファの顔が全てを物語っている。

「私、身内以外を信用する気は一切ないんですよねえ。一応、貴方は帝国の人間ですし？　縛らないわけにはいきませんよねえ」

だってシヅキは満身創痍だし、万が一があっちゃいけないから。

ラティファはそう言いながら、どこからともなく取り出した縄でコーエンの手首足首を縛っていく。

「あと、人の心を勝手に覗くのは結構ですが……もう一度、私とシヅキとの思い出を覗こうものなら、その目ん玉くり抜きますから」

莞爾として笑うラティファの表情には、どこか表現しがたい不気味さも備わっていて。

「私とシヅキだけの思い出を、こんなやつに共有されるなんて心底反吐が出る」

「いっ⁉」

めきり、と縛り上げられたコーエンから悲鳴が上がる。

帝国所属の〝英雄〟『逆凪』レヴィを相手にしての一方的すぎる蹂躙劇を目の当たりにして、そもそも逃げられないと悟っているのか。

はたまた、罪悪感でもあるのか。

コーエンに抵抗する素振りは見られない。

「これに懲りたら、二度と私とシヅキの頭の中を安易に覗かない事ですね」

そうして手足を綺麗に縛られたコーエンは、堪らず地面に横たわる。

しかし、そんな彼には目もくれず、ラティファは血塗れの少年に視線を向けた。

出会って。

意気投合して。

笑い合って。

喧嘩して。

そして、いつか来るかもしれない幸せな日々を夢想しながら——呆気なく死んで逝く。

そんなクソッタレな世界にて、目の前で消えていった大切な命の数々。

ひたすら涙していた男は、いつしか心の底から笑う事ができなくなっていた……はずだったのに。

「私が見ない間に随分と、良い笑顔を見せるようになったね」

ラティファの瞳には、空元気に破顔する少年の姿が映り込んでいた。

身体はとうの昔に限界を超えているだろうに、さもどうという事はないと言わんばかりに、直立不動のままでケラケラと笑っている。

——その笑顔は、良い意味で彼らしくなくて。

作り笑いではなく、本当に、自然に出てしまった笑みである事は疑いようもなかった。

「でも、そっちの方が私はシヅキらしいと思うよ。そうやって、笑ってる方が」

もし今の言葉を本人が聞いたならば、まず間違いなく否定するだろう。

けれど、ラティファにとってソレこそが彼「らしい」ものでしかなかった。

だから――

「だから、いい加減、自分を許してやりなよ。シヅキ」

どこまでも過去に引き摺られている少年に向けて、彼女は言葉を続ける。

「たくさん傷ついて、たくさん苦しんで。弱味を――何もかもひた隠しにして、取り繕って」

……もう手の届かない過去《遠いもの》に手を伸ばしながら、繰り返し自責して。

「もう、十分過ぎるよ」

そもそも、誰一人としてソレを望んではいなかった。そもそも、誰一人として彼を責め立ててなんかいなかった。

「十分……過ぎるから」

過去を忘れろと言いたいわけじゃない。

何より、あの過去があったからこそ。

今のシヅキが、ファイ・ヘンゼ・ディストブルグがあるのだから。

「だから、もう少しくらい前を向いても良いんじゃないかな」

メイド長から一人で勝手に行動した事を怒られているであろう、出来の悪い弟のような存在に、

ラティファは笑みを向けた。

「いつまでも気負ってると、また心配されるよ――家族《みんな》にさ」

◆◆◆

どうしようもなく、頭が働かなかった。

満足に血が巡っていないのか、ぼーっとする。

雨に濡れた窓のように視界は滲んでいて、立っているだけで精一杯。

一歩でも動けば倒れてしまうような、そんな予感がしていた。

「…………ぁー」

己の中に存在する達成感と、全身に絡みつく倦怠感。

けれど、変な意地を張ったせいで身体は満身創痍。己が手に〝影剣《スパーダ》〟が握られているかどうかすら曖昧であった。

……あと五分。もしくは、十分。そのくらい経てば少しは回復してくれるかな、と思いながら立ち尽くす俺に、不意に影が被さった。

「……本当に、何やってるんですか」

それは呆れのような、罵倒《ばとう》のような言葉であった。

「……なに、やってるんだろうな」

そう、俺は誤魔化す。

相手の姿ははっきりと見えていない。

でも声や口調、言葉から、誰であるか判別する事は容易であった。

声の主は——フェリ・フォン・ユグスティヌ。

……そして同時に思い出す。

そういえば当初は、下見をするだけとかフェリに言ってあったっけ、と。

だから俺は、とんだ嘘つきだなと言わんばかりの自嘲めいた笑みを浮かべた。

「以前、言いましたよね。無茶はしないでくれと……どうして、私の言葉を聞き入れてくれないのですか」

無茶をしているつもりはなかった。

ただ、意地を張ってしまっただけ。

でも、フェリの目から見て、俺の行動は無茶と言う他ないものであったのだろう。

「……そんなに血を流して、殿下は死にたいんですか」

「……ま、ぁ、アレで死ねるのなら、悪くはなかったかもな」

悲しげに、フェリの顔が歪んだ。

それは本音だった。悪くはないと、心のどこかで俺は確かに思っていたのだ。

ただだ。

「でも、死ぬ気はなかった……これだけは、言える。信じてもらえないだろうが、俺の中に死ぬ気なんてものはなかったんだ」

……これも、本音だった。

死ぬのも悪くはないと思っていた。

けれど——死ぬ気も、なかった。

「なぁ——エレーナ」

俺は笑って空を見上げ、背後にいるであろう少女の名を呼んだ。

溢れ出る鮮血に視界を潰されているせいで、蒼いはずの空が赤く見える。

「昔の俺は、そりゃもう救えないくらい死にたがりだった。エレーナが可愛く見える程の、死にたがりだったんだ」

その死にたがりぶりは、今生にまで影響していて。

きっとだから、こうしてフェリは泣きそうな顔を浮かべているのだろう。

死んでしまった者達にもう一度会う為にはどうすればいいのか。どうやって死のうか。俺自身が納得できる死とは果たしてどんな死だろうか……昔の俺は、四六時中そんな事ばかり考えていた。

そして、結局孤独に堪え切れずに……自刃をして。お陰で、死ねば会えるかもしれないという一縷の望みは見事に引き裂かれた。

「なのに、こうしておめおめと生き残った。生き、残ろうとした」

紛れもなく、それは自分の意思で。

——苦しくて苦しくて、死んでしまいたいくらいに絶望して、後悔と自責を繰り返して……たとえ、そんな人間であっても。それでも人は、夢を見る。だから、俯いてんじゃねえよ。前を向け。

脳裏を過ぎるのは、一体誰が言ってくれたのか即座に思い出せない程の、遠い過去の言葉。

——今よりもっと幸せと思える未来は必ずやってくる。そんな自己満足を得られる日は必ず訪れる……必ず、だ。夢を見られている限り、てめぇの願望《熱》は尽き果てねぇんだからよ。

「そのわけはきっと……得てしまったからなんだろうな。俺なりの、自己満足ってやつを」

口に出した事なんて一度としてない。

でも、無意識のうちに俺は思ってしまっていたのだろう。

今が、幸せであると。

そうでなければ、説明がつかない。

「……お前の苦しみは痛いくらい分かる。その上で、言わせろ——それでも人は、夢を見る。いつか幸せと思える日が来るかもしれない。なのに、その可能性をドブに捨ててまで、絶望に身を埋めて死ぬ事を許容しないでくれ」

傷つき嘆いたその果てに、死に逃げても——〝幸せ〟がやってくる事はなかった。

……ただ、生き続けなければその〝幸せ〟が訪れる可能性は消え失せる。

だから、俺は執拗に言葉を並べ立て続ける。夢のような朧気な記憶が、俺の口を動かす。俺のようには間違ってもなるべきではないと、繰り返し、主張する。

「きっと、幸せと思える日々はあんたのもとにやってくる。きっとそれは、必ず……必ず、だ——」

——なにせ、こんな俺でも、少しは前を向けるようになったのだから。

そして、俺は歪んだ視界のまま、フェリに視線を向けた。

そうやって本心から心底心配されると俯く事も、「死にたい」だなんて言葉を吐く事もできないだろうが。

——あんたには本当に敵わない。

そんな事を思いながら俺は苦笑いを浮かべていた。

第二十五話　クズ王子

「勝手に遺跡に向かった挙句、帝国兵と殺し合いをして？　〝英雄〟『心読』コーエン・ソカッチオを連れてきたぁ⁉」

乱雑に叫び散らされる、少年期特有のアルトボイス。

気が動転しているようにも捉えられるその声の主は、『豪商』ドヴォルグ・ツァーリッヒの護衛を務める少年であった。

「……そう叫んでくれるなよ。大声は傷に響くんだ。というか、もう何回も謝っただろ」

部屋を借りた宿の食堂にて。至るところを包帯でぐるぐる巻きにされた俺はそう言いながら、ずずとヌードルスープを啜る。

「謝ったって言ってもさぁ……！　やっていい事もダメな事も限度ってもんがあるでしょ！　……まさかこんな事になるとは思ってもみなかったから伝え忘れてたけど、まだ時期尚早なんだよ!!　なのに、帝国の〝英雄〟を二人始末して一人捕らえたって……お、大旦那にどう説明すれば……」

「なんとかなるだろ」

……たぶん。

そう俺が言ってやると、少年は苛立ちを隠そうともせずに、がしがしと乱暴に髪を掻き混ぜる。

隣でやはりヌードルスープを啜っていたエレーナはというと、楽しげに笑っていた。

「す、好き勝手言いやがって……」

ぼくの苦労も知らないで……と言わんばかりに、忙しなく動き回りながらうがーーっ!!と唸り、言葉を吐き散らす少年は、俺の目から見ても完全に暴走していた。

……九割ぐらい俺のせいなんだけれども。

だが、これはもう起こってしまった出来事。今更やり直しが効くわけでなし、仕方ないよなと俺は胸中で無責任に納得する。

もしこれを言葉に出していたならば、きっとグーパンチの一つや二つ飛んできていた事だろう。

とはいえ。

「……〝英雄〟を二人、ね」

少年の言葉の一部に、俺は引っかかりを覚えていた。

曰く、ラティファとフェリが協力して打ち倒したという事だったが……

「どうかなさいましたか？」

肩越しに振り返ると、後ろに控えていたラティファがキョトンとした表情で首を傾げた。

フェリがいるならば、〝英雄〟と呼ばれる人間だろうとも打ち倒す事自体は十分に可能であっただろう。

ただ――

二人とも傷一つない上に、一切の疲労が見受けられない。

それは、特にこれといって苦戦もせず、一方的に打ち倒したと言わんばかりで。

俺が引っかかりを覚えるのは、どう考えを働かせてもその一点の疑問が解消されないからであった。

聞けば、彼女らが倒した〝英雄〟は『逆凪』と呼ばれる、主に風を扱う相手。そいつは身体に風を纏わせる事によって、「神速」とも呼べる移動速度を得られるのだとか。

……そんな人間相手に無傷で完封できる者が、果たしてこの世界に何人いるだろうか。

そう考えた時、俺の脳内に一人の候補が挙がった。

――それは雷を変幻自在に扱っていた少女の姿。

『雷鳴轟け――〝雷装《フォルゴーレ》〟』

どうしてか、かつて仲間だったその少女——ティアラの声が、俺の頭の中で思い起こされた。

「……確かにアイツなら苦もなく倒せるだろうが」

けれど。彼女はもう、どこにもいないはずの人間だ。

だからそれだけはあり得ねえとかぶりを振ろうとして。

「——って。なんでお前の髪は濡れてんだ」

ふと視界に入った光景に、俺は思わず指摘する。

そして、その発言がキッカケとなって不意に——今と過去の映像が、俺の中で鮮明にかぶる。

己が能力で雷を巧みに扱っていたティアラは決まって、戦闘を終えると髪を濡らす癖があった。

いや、癖というより、雷を扱う弊害のようなものか。

……端的に言うと、髪がボサボサになるのだ。本人は、静電気がどうとか言っていたが。

「先の戦闘で乱れちゃったからですよ！　みっともない頭を見せるわけにはいかないじゃないですか」

絶対違うのに。ラティファはティアラ《彼女》ではないと、そう分かってるはずなのに。どうしてかその発言が、過去と重なって。

「……そりゃ悪かったな」

俺のせいで濡らす羽目になったんだぞと言わんばかりの凄みに、俺は謝罪を口にするしかなかった。自分が悪いという自覚はあったから。

「ほんとですよ。これに懲りたらちょっとはメイド長の言う事を聞いてあげてください」

水気のある髪を左右に揺らしながら、ラティファはぷりぷりと軽く怒っている。

「善処する」

「ダメです。ちゃんと行動で示してください。というかキチンと言葉にしないと今回ばかりは許しません。さぁ、私に続けて復唱してください。『明日からラティファさんの言う事は全て聞き入れます！』！　さん、はい！」

「誰が言うか」

……相変わらず滅茶苦茶言いやがる。

詐欺師もびっくりなとんでも発言に胸中で呆れながらも、一蹴。

「言ってあげればいいのに」

「分かってねえ。あんたはラティファ《こいつ》の恐ろしさを何も分かっちゃいねえ」

笑いまじりにそんな恐ろしい事を口走った隣のエレーナに、俺は毒づく。

「こいつはな、一度でもその場しのぎで聞き入れると言っちまえば、言質はとったと言って地の果てまで追っかけてくるようなヤツだ。たとえそれが冗談であると知っていても、な」

「当然です。一度口にした言葉をそう易々と引っ込めさせる私じゃありません。勿論、諦めて頷くまで耳元で囁き続ける所存です」

「ほらみろ」

な？とエレーナに訴え掛けると、どうしてか、微笑ましいものでも見るような視線を向けられる。

「すっごい仲、良いんだね」

続くその言葉には、明らかに伝わる程の寂寥《せきりょう》がちりばめられていて。

しかし、ラティファはそんな事お構いなしに言葉を紡ぐ。

「ええ。なにせ、死んだ魚のような目をしてた殿下にお仕えして十数年。私と殿下の仲は強固な鎖でガッチガチに雁字《がんじ》搦《がら》めにされてるんですから」

その無神経さにこの時、この場に限ってはどうしようもなく救われてしまう。

「何せ私は殿下の——って、あぁ。ちょっと！　何で顔を背けてるんですか！　最後まで私の言葉を聞いてくださいってば！」

……真面目に聞いてらんねえ。そう言わんばかりに顔を背けるも、俺のその行動が気に食わなかったのか、即座に文句の言葉がやってくる。

「……ま、二割くらいは冗談ですけどね」

深く考えるととんでもない事になる気しかしなかったので、そこで俺はラティファの存在を頭からシャットアウト。今のを八割本気で考えてるヤバい奴の話をこれ以上聞いていては、俺の頭がおかしくなってしまう。

「というか、アイツらの事は探さなくていいのかよ」

視線を、ラティファからエレーナへ向け直す。

アイツらとは、エレーナの従者であったウルとレームの二人の事だ。

「……俺の予想が正しければ、恐らくアイツらは死んでいない」

死骸も、彼らの死を示唆する痕跡も、何もかもがどこにも見当たらなかった。

「もしあんたがアイツらを探したいのなら、俺も手を貸すが――」

「――ううん。大丈夫。たとえ、死んでいなかったとしても……ウルとレームの事を探す気はないよ」

俺の発言の途中で被せられた言葉は、俺にとって心底意外なものであった。

「流石にさ。私の事を想ってあんな事を言われちゃうと……ね」

思い起こされる、レームが残した最後の言葉。

――大切な存在だからこそ、自由に生きてほしい。

「いつか過去は割り切らなきゃいけないって、分かってたんだけど……特にレームはズルすぎなんだよ。ほんと、シヅキみたいにね」

「……なんでそこで俺が出てくる」

「自分の胸に手を当てて聞いたらいいと思うな。ああ言われちゃ、あのエルフの人は何も言えないよ。そのくらい、わたしにだって分かる」

……心当たりは、ある。

泣きそうな顔で怒っていたはずのフェリはどうしてか、俺がエレーナを諭しているうちに、気づけばはすっかり沈静化してしまっていた。

「……だけど、本当に羨ましいなあ。そう思えるような人が側にいるって、さ。見ていて、本当に羨ましく思った――大切にしなよ。そういう人はね」

「……分かってる」

ちょっとだけ恥ずかしくて、頭を掻きながらそう答えると、エレーナはその反応に笑っていた。

ぷいと顔を背けてこちらを見ないようにしていたラティファも、何故か同様に。

……ディストブルグの、〝クズ王子〟。

知れ渡ったそのあだ名が嘘なのだと言い張るつもりは、未だない。恐らく、それはこれから先も、ずっと。他者を納得させられるだけの理由なんてものはないけれど、どうしてか、そう言い切れてしまった。

きっと、卑下する事もやめない。

自責も、自嘲も、何もかも。

……ただ、それでも。

「受けた恩を、仇《あだ》で返すつもりはもうねぇよ」

頭の中で流れ、折り重なる――――映像。

かつての俺は言った。

もし仮に、俺の死を悼《いた》んでくれるような、そんな人間がいるのならば……いる間に、死にたいと。

だけど流石に今は、その言葉は紡げなくて。

「俺は……クズだ。救いようのない〝クズ王子〟。それは変わらねえ。それだけは、変わらねえ。だけどそれでも、そこまで堕ちた覚えはない」

「……そっ、か。でもそれは、言葉を向ける相手を間違えてると思うけどなあ？」

エレーナに軽く諌《いさ》められる。

そして。

「ほら、行った行った」

慰める立場だったはずなのに、気づけばいつの間にやら形勢逆転していた。

エレーナの言葉につられ、視線を彼女が見る先へと動かすと、そこには見知った人が、一人。

普段通りの様子で、フェリは部屋のドア付近に佇んでいた。

「言葉は尽くせるうちに尽くしておくものだよ」

人間誰しもいつ何時、言葉を交わせなくなる日が来るか分からないだなんて事はよく知っていた。

俺だからこそ、それは誰よりも。

だから俺は席を立ち、エレーナの助言に従う事にした。

そして、名を呼ぶ。

「なぁ、フェリ」

何故か横目でニヤニヤするラティファの顔が物凄く腹立ったけど、それでも。

「話が——あるんだ」

俺はそう、言葉を口にした。

第二十六話　二度目の生

――生まれ変わるって一体何なんだろうか。

ファイとして生きながら、俺はそんな疑問を何度となく抱いてきた……この世界で生きてきた十数年間、ふとした拍子に、考えさせられてきた。

記憶はそのまま。

性格も変わらず。

けれど俺は、〝ジヅキ〟ではなくなった。

人生とは、たった一度きり。だから皆必死に歯を食いしばって、しがみ付いて、血を吐き散らかして、生きていた。

なのに、残酷無比な現実は、俺に二度目の生を与えてきた。誰にも渡し、託す事のできない人生を無理矢理に押し付けられたのだ。

一度しかないはずの人生の、二度目を俺だけが与えられた。

「……独りぼっちが、嫌だったんだよ俺は」

もし、この世界に神がいるのならば、そいつはきっと救えないくらいに性格が悪いヤツだろう。

あの人生には未練しかなかった。

けれど、俺は決して、二度目の生などというものを求めた覚えはない。ただ、俺は独りぼっちが嫌だっただけなのだから。

斜陽が射し込む窓。

窓越しに照らしつけてくる黄昏《たそがれ》色の光に僅かに目を細めながら、ベッドの縁《ふち》に腰掛け、俺は感傷に浸る。

初めは、どこかにいるんだと思った。

みんな、どこかにいるんだと思った。

シヅキとして死んだ俺は、この世界が死後の世界だと思っていたから、どこかにきっと先生達《みんな》がいるものだと。

動き慣れない小さな体で、朝から夜まで歩き続けた。人に聞いた。こんな男はいなかったかと。見なかったかと。名前も出した。能力についても知ってる限り言葉を尽くし、話した。

——だけど、どこにもいなかった。

だから、俺は先生達《みんな》がずっと遠くに行ってしまったのだと考えた。

どこかで、待ってくれていると。

馬鹿みたいな死を選んだ俺を怒る為に、どこかで待ってくれていると思った。

――だけど、どこにもいなかった。

あるのは記憶と事実だけ。

残酷なまでに鮮やかな記憶を遺してくれた大切な人達との記憶と、彼らはこの世界のどこにもいないという事実だけが、存在した。

……俺の世界は、死んで尚、独りぼっちだった。


「守りたかったものは全部、俺の手から零れ落ちた……奪われた。だから俺は、俺を孤独に叩き落とした剣が嫌いだった。憎んですら、いた」

剣という存在が、死を引き寄せ、振り撒く元凶であると、他でもない剣士であった俺は知っていたから。

己を守ってきた唯一無二の手段にもかかわらず、誰一人として守れなかった己の無念そのものである剣を、嫌悪した。唾棄《だき》した。

故に頑なに、剣を執ろうとしなかった。

剣を執れば――また、孤独がやってくると分かっていたから。脳裏に浮かぶその未来図を、俺は否定する事ができなかったから。

「……厄介なんだよ。記憶ってものはさ。全部取り除いてくれりゃいいのに、それはしてくれない。現実、二度目の人生ってやつを押し付けてきただけだ」

人生とはたった一度きりという因果を捻じ曲げたにもかかわらず、それがお前の罪であると言わんばかりに、俺に二度目の生を押し付けてきた奴は記憶を残してくれやがった。

忘れてしまえたならば、ずっとずっと気楽に生きられる事は分かっているはずなのに。一等大事なその記憶だけは、俺が俺である限り、何があろうと手放す事はできない。

消す事も、忘れる事も、美化する事も、何もかもができやしない。

ソレはただ、事実を事実として俺に容赦なく叩き付けて、心を丁寧に斬り刻んでくるだけ。

許された選択肢は、受け入れるという事だけ。

「ロクでもないと思っていた」

もとより俺は、ファイ・ヘンゼ・ディストブルグとしての生がただの〝ついで〟であり、通過地点としか考えていなかった。そして、剣を執ってしまったあの瞬間からは、自己満足に死ぬ未来しか思い描いていなかった。それを実現する気しか、なかった。

「俺の人生ってやつは、ロクでもないと思っていた」

そもそも、ロクでもない人生を送る羽目になる理由に覚えはある。

何十と地獄に叩き落とされるだけの、人殺しという罪科を重ねてきた自覚はある。

だからこそ、俺は俺自身をクズであると言い続けていたのだから。

血に塗れたただの人殺し。それが、正しく俺という人間の全てを表すひと言。

「……なのにどうしてか、最近になってその事実に対して時折疑問を覚えるようになった。ロクでもないと分かっているはずなのに」

揺らぎかけていた己の意志を、そのひと言を口にする事で安定させる。

……俺の本質は、ただの寂しがり屋だ。

孤独を嫌うだけのただの弱虫だ。

だから、揺らいでしまう。

紡がれる親交。新しく出会う誰か。生まれる思い出。広がる交友。脳裏に刻まれる光景。

……孤独を嫌う俺には、それらに背を向ける事が憚られて。

己の意思とは関係なく膨らんでいく様々な感情に対して、容赦なく全てを断ち切ろうとする事は、どうしても、できなかった。

「……嗚呼、そうだな。あんたの手を取り、世間で言う普通に生きられたならば、俺はさぞ幸せだった事だろうよ。さぞ、幸せな光景を見られた事だろうよ」

己の中に浮かぶ一つの選択肢。

浮かんでしまった、眩し過ぎる選択肢。

しかし……それだけは、選べなかった。

それは、羨ましがる事しかできない選択肢だ。手を伸ばそうとも、絶対に届くはずのない選択肢だ。先生達《みんな》に背を向ける選択肢を、俺が掴み取っていいはずがない。

俺だけが報われる選択肢を、選べるはずがない。

「……だけど、ほんの僅かでも救われると分かっていても、その手だけは取れない。死ぬ気はないと言った。あぁ、そうだ。死ぬ気はない。けれど、俺の本質はどうやっても変わらねえんだ。変わらねえんだよ。だから、だから」

——頼むから、そんな目を俺に向けないでくれ。

隣でただただ話を聞いてくれているフェリに向けて、俺は震える声で、そう懇願した。

……過去を、話した。

包み隠さず、全てを話した。

俺に話せる事は全て、フェリに語ってやった。なのに彼女は何一つとして言葉を紡いでくれなくて。私は分かっていますからと言わんばかりの視線が、どこまでも俺の心を刺激した。

いっそ、俺の事を罵《ののし》ってほしかった。

数えきれない程人を斬り殺してきた俺を、救えない人間であると、唾棄してほしかった。そうしてくれた方が俺は楽になれただろうから。

「殿下はどこまでも、殿下なのですね。今も昔も、何一つとして変わっていません」

漸く口を開いたかと思えば、俺の鼓膜を揺らしたのは笑い混じりの言葉であった。

「殿下が、ご自身の事を執拗に〝クズ〟呼ばわりする理由が少しだけ分かったような気がします」

悲しげに表情を歪めながらフェリは言う。

「その行為は……負い目から来るものだったのですね」

……本当に、その通りであった。

俺の行動原理とはつまり、煎《せん》じ詰めれば目を逸らせない過去への〝負い目〟によるものである。

負い目があるから己をクズと呼ぶ。

負い目があるから、進んで己が報われたいとはどうやっても思えない。

「ですが、もう十分なんじゃありませんか」

そんな俺の心境を見透かしてなのか。

フェリは意味深な言葉を告げた。

「過去を忘れろとは言いません。その記憶を含めて、殿下というお人なのでしょうから。ですが……必要以上に苦しむ理由はどこにもないでしょう……」

……あぁ、漸く分かった。

俺が過去をフェリに話せなかった理由が漸く分かった。あんたが優し過ぎるから、俺は話したくなかったのだ。先生達《みんな》のように優しいから、話せなかったのだ。

彼女の言葉は、甘露《かんろ》のように甘い誘惑そのものだ。あぁ、嗚呼、ああ。

……慈愛の目を向けないでくれ。

助けようとしないでくれ。

手を伸ばそうとしないでくれ。

慰めの言葉を口にしないでくれ。

揺らぐから。

それに溺れてしまうから——やめてくれ。

その〝幸せ〟に身を委ねてしまいたくなるから、だから、やめてくれ。

……そう願う俺の本心は、どこまでも届いてはくれない。

関心を向けるな。

その果てに待ち受けているのは、あの時同様の孤独一色だ。剣を執った時点でその未来は決まった。避けられない未来となった。

剣を握った先には孤独しかない。

死の道を突き進むしかない。

それが当然であり、道理であると知ってしまっていたはずなのに。

どう、してこうも、俺の心は弱いのだろうか。

「……殿下はもう、一人じゃない。紛れもなく貴方は、ディストブルグの人間なのですから」

俺にとって頼れる人間とは、先生達《みんな》だけであると信じて疑っていなかった。

たとえ、二度目の生を受けたとしても。彼らの存在が、この世界になかったとしても。それは不変であると断じていた。

なのに、フェリの言葉は、どうしようもなく俺の心にすとんと嵌まり込んでしまった。

「…………」

とんだ浮気者だと自分自身に呆れる。

恩を仇で返す気はないと言った。

あぁ、そうだ。

俺のようなロクでなしを見捨てないでくれたフェリ達にはちゃんと恩を返すと決めた。しかし、それは俺が一方的に与えるだけであって、間違っても何かを欲す立場ではない。

そう、分かっていただろうが。

「…………は、ぁ」

本心と願望の意志がすれ違う。

全く同じ方向を向いていないからだろう。

これっぽっちも噛み合ってはくれない。

「…………悪い、少し一人にしてくれ」

「分かりました」

俺の頭の中が混乱してる事は、フェリにも一目瞭然だったのだろう。見透かされていたのだろう。

フェリは立ち上がり、そして部屋を後にした。

残されたのは俺と——壁に立て掛けられていた〝影剣《スパーダ》〟のみ。

「俺はどうすりゃいいんだろうな」

問い掛ける。

己の半身と言える存在に、俺は抱く疑念を叩き付ける。しかし、返事が戻ってくる事はない。

「こんなにも俺は、恵まれてていいのか」

一つを除き、全てがある。

この世界には、何もかもが揃っている。

俺には眩し過ぎるものが、多くある。

「教えてくれよ、なぁ――〝影剣《スパーダ》〟」

どうせ、この果てに絶望が待ち受けてるんだろう？　孤独があるんだろう？

だったら、さっさと果てた方が己の為だ。

なぁ、そう思わないか、と。俺は〝影剣《スパーダ》〟に同調を求める。

その時。〝影剣《スパーダ》〟が、ギシリと音を立てたような、そんな気がした。

それは、意志などないはずの〝影剣《スパーダ》〟に、そのくらい自分で考えろと呆れられたような気にさせられて。

ガリガリ、と髪を掻き混ぜる。

次いで、照れ隠しにしか思えないであろうセリフを、俺は乱暴に吐き捨てた。

「……優しくねぇのな」

けれど、俺に言葉を投げ掛けるのならそのくらいがちょうどよくもあった。

だから――

「まぁ、いい。だったら、俺なりに考えるさ。〝影剣《お前》〟を振りながらゆっくり考えるとする……なにせ、こんな俺ですら一人じゃないらしいからな」

笑いながら、俺はそう言う。

数ヶ月前の俺が聞いたなら正気かと疑ってしまう程の言葉を、さも当たり前のように――俺は口にしていた。

前世は剣帝。
原作 アルト
漫画 早神あたか
1
クズ王子と
バカにされる少年は、
初めて人のために
生きると決めた。
今生クズ王子
世間に悪名轟く「クズ王子」ファイ。
その前世は「剣帝」と呼ばれた男だった。
頑《かたく》なに剣から距離を置き、
グータラ三昧の日々を過ごすファイだったが、
隣国でのある出会いをきっかけに、
運命の歯車が動き出す。
大好評発売中！
待望のコミカライズ！
描き下ろし
9P収録！
◎B6判 ◎定価：本体680円+税 ◎ISBN 978-4-434-27791-7
Webにて好評連載中！
アルファポリス 漫画
検索

気ままなおっさんの異世界ぶらりファンタジー、開幕!

神様のミスで、異世界に転生することになった四十路のおっさん、憲《のり》人《と》。お詫びにチートスキル9個を与えられ、聖獣フェンリルと大精霊までお供につけてもらった彼は、この世界でしか味わえない魔物グルメを楽しむという、ささやかな希望を抱く。しかし、そのチートすぎるスキルが災いし、彼を利用しようとする者達によって、穏やかな生活が乱されてしまう!?　四十路のおっさんが、魔物グルメを求めて異世界を駆け巡る!

◆定価：本体1200円＋税　◆ISBN：978-4-434-27773-3　◆Illustration：蓮禾

気ままなおっさんの異世界ぶらりファンタジー、開幕!

神様のミスで、異世界に転生することになった四十路のおっさん、憲《のり》人《と》。お詫びにチートスキル9個を与えられ、聖獣フェンリルと大精霊までお供につけてもらった彼は、この世界でしか味わえない魔物グルメを楽しむという、ささやかな希望を抱く。しかし、そのチートすぎるスキルが災いし、彼を利用しようとする者達によって、穏やかな生活が乱されてしまう!?　四十路のおっさんが、魔物グルメを求めて異世界を駆け巡る!

◆定価:本体1200円+税　◆ISBN:978-4-434-27773-3　◆Illustration:蓮禾

解体の勇者の
成り上がり冒険譚
Kaitai no Yusha no Nariagari Boukentan....
無謀突撃娘
muboutotsugekimusume
勇者パーティを追放されたけど…
地味すぎる特技
解体技術で
知らぬ間に下剋上!?
追放から始まる、異世界逆転ファンタジー!
魔物の解体しかできない役立たずとして、勇者パーティを追放された転移者、ユウキ。実はあらゆる能力が優秀だった彼は、勇者パーティを離れたことで、逆に異世界ライフを楽しみ始める。一方その頃、解体技術を軽視し、いつもユウキを小馬鹿にしていた勇者たちは窮地に追い込まれていた。そして、何もかも上手くいかなくなった彼らの怒りの矛先は——ユウキに向かうのだった。
●定価：本体1200円+税　●ISBN978-4-434-27331-5　●Illustration：鏑木康隆

この作品に対する皆様のご意見・ご感想をお待ちしております。
おハガキ・お手紙は以下の宛先にお送りください。

【宛先】
〒150-6008 東京都渋谷区恵比寿 4-20-3 恵比寿ガーデンプレイスタワー 8F
（株）アルファポリス　書籍感想係

メールフォームでのご意見・ご感想は右のＱＲコードから、
あるいは以下のワードで検索をかけてください。

アルファポリス　書籍の感想　検索

ご感想はこちらから

本書はWebサイト「アルファポリス」（https://www.alphapolis.co.jp/）に投稿されたものを、
改稿、加筆のうえ、書籍化したものです。

前世《ぜんせ》は剣帝《けんてい》。今生《こんじょう》クズ王子《おうじ》4

アルト

2020年　9月　4日初版発行

編集－宮坂剛
編集長－太田鉄平
発行者－梶本雄介
発行所－株式会社アルファポリス
〒150-6008 東京都渋谷区恵比寿4-20-3 恵比寿ガーデンプレイスタワー8F
TEL 03-6277-1601（営業）　03-6277-1602（編集）
URL https://www.alphapolis.co.jp/
発売元－株式会社星雲社（共同出版社・流通責任出版社）
〒112-0005東京都文京区水道1-3-30
TEL 03-3868-3275
装丁・本文イラスト－山椒魚
装丁デザイン－AFTERGLOW
印刷－図書印刷株式会社

価格はカバーに表示されてあります。
落丁乱丁の場合はアルファポリスまでご連絡ください。
送料は小社負担でお取り替えします。

ISBN978-4-434-27622-4 C0093